빛과 모습
그리고 태즈메이니아

빛과 모습 그리고 태즈메이니아

초판 1쇄 인쇄일 2018년 10월 16일
초판 1쇄 발행일 2018년 10월 23일

글 윤세순
사 진 강정민
펴낸이 양옥매
교 정 조준경, 허우주

펴낸곳 도서출판 책과나무
출판등록 제2012-000376
주소 서울특별시 마포구 방울내로 79 이노빌딩 302호
대표전화 02.372.1537 **팩스** 02.372.1538
이메일 booknamu2007@naver.com
홈페이지 www.booknamu.com
ISBN 979-11-5776-628-4(03810)

이 도서의 국립중앙도서관 출판시도서목록(CIP)은 서지정보유통지원 시스템 홈페이지(http://seoji.nl.go.kr)와 국가자료공동목록시스템(http://www.nl.go.kr/kolisnet)에서 이용하실 수 있습니다.
(CIP제어번호 : CIP2018032321)

빛과 모습
그리고 태즈메이니아

글 **윤세순** · 사진 **강정민**

• 프롤로그 •

태즈메이니아 땅끝 마을에서 돌아가는 새

길과 길이 이어져서 걷다가 보니
태즈메이니아 땅끝 마을에 닿았다.
혼자서 바람 속을 나는 일에 익숙해진 어느 날,
꿈꾸던 본연의 고향을 향해 가야겠다고 마음먹었다.
글을 쓰고 소통하며 돌아가는 길을 만들기로 했다.
자유롭게 세상을 날아서
떠나온 곳이 아닌, 가고 싶은 본향으로 향한다.
스스로 우주의 한 부분으로 존재하는 나의 모습을
찾아서 가는 행로.
글과 사진으로 이어지는 이 길이
누군가에게 공감을 줄 수 있기를 바란다.

CONTENTS

Part 1

그때 그곳

과거는 현재와 분리되지 않은 채로 흐르는 시간 속에서, 현재는 어디에서 왔는지 나누어지지 않는 공간에서 그때 그곳의 모습으로 머물고 있었다. 역사와 전통이 미래로 흐르는 모습을 들여다본다.

당신의 건강을 위해 축배를!

– 태즈메이니아 사과 마을 축제를 즐기며 –

"늙은 사과나무님, 당신의 건강을 위해서 축배를 듭니다." 어젯밤의 외침이 귓가에 쟁쟁하다.

'사과섬'이라는 별명을 가지고 있는 태즈메이니아의 사과 농장들이 밀집해 있는 휴온 계곡에서 겨울 축제가 열렸다. 행사장 입구에는 높은 장대 끝에 새의 머리가 달려 있어서 꼭 한국의 솟대를 연상케 했다. 여러 나라에서 새는 저세상의 영혼과 이 세상의 인간을 연결해 주는 역할을 한다고 믿어 왔던 것 같다. 정령의 모습으로 분장을 하고 온 사람들도 제법 눈에 띄는 것을 보니, 인간들과 정령들이 어우러져서 한바탕 노는 날인 것 같다.

음악을 연주하는 악기 옆에서 이따금씩 불꽃이 터지고, 대장장이가 쓰는 불화로에서는 주전자에 물이 끓고 있었다. 불과 연기로 악령

을 내쫓는 것이다. 텐트 안에서는 밴드들이 연주를 하고, 도자기를 빚고, 유령 광대들이 사람들 사이를 돌아다니며 익살을 떨고 있다. 다양한 종류의 음식을 파는 차들 앞에는 사람들이 줄 서 있고 아이들이 짚더미 위에서 뛰어노는 사이를 들뜨고 흥미로운 마음으로 떠돌았다.

모닥불이 타고 남은 잿더미 위에서 한 젊은이가 오리와 호박들을 훈제하는 모습이 인상적이었다. 기대와 설렘이 그가 마시고 있는 맥주병 속으로 녹아들고, 매콤한 연기에 야채가 그을어 가는 냄새가 축제장으로 퍼져 나가고 있었다. 중앙에 위치한 넓은 마당에서는 영국의 웰스 지방과 잉글랜드 지방의 경계 지역에서 성행하던 전통 춤이라는 모리스 댄스 공연이 간간이 진행되었다. 원래 영국 여러 지역에서 의상도 조금씩 다르고, 각기 다른 음악에 맞추어 관중의 흥을 돋우기 위해서 추던 춤이라 그런지 까만 톱 해트를 쓴 그룹과 하얀 의상에 꽃으로 장식한 모자를 쓴 그룹이 대조적이었다.

처음 호주에 왔을 때 호주 사람들이 영국을 동경하고 좋아하는 것을 보면서, 커다란 대륙과 막대한 자원을 가지고도 꼭 아이가 엄마 치맛자락을 붙들듯 영국에 의존하는 모습이 의아했었다. 스코틀랜드와 잉글랜드, 아일랜드의 저마다 다른 특색도 확실하게 몰랐던 나는 시간을 내서 에든버러, 케임브리지, 더블린에서 각각 며칠을 보냈던 적이 있다.

기차를 타고 에든버러에서 런던으로 갈 때였다. 차창 밖으로 잉글랜드 지방의 푸른 잔디밭과 잘 가꾸어진 정원이 펼쳐졌다. 그때 문득 호주의 부스스한 숲의 모습과 대조되면서 호주 사람들이 영국을 그리워하는 것은 바로 이 잘 가꾸어진 가정과 정원이 품고 있는 아늑하고 편안함 때문일 것이라는 생각이 들었다. 영국 사람들이 죄수나 이민자의 신분으로 호주에 정착하면서 허허벌판에 집을 짓고 길을 만들며 영국에 두고 온 고향이 그리웠을 것은 당연한 일이고, 그들이 호주에 정착하던 시절 휴온 지역에 사과나무만을 심은 게 아니라, 사과나무가 싹틀 때 춤추고 노래하며 풍년을 기원하던 영국의 축제 풍습도 함께 가져왔다는 것을 알 수 있었다.

사과나무 곁에서 군중들의 합창이 이어졌다. "늙은 사과나무님, 당신이 꽃 피우고 열매를 맺을 것을 믿으니 우리는 즐겁습니다…." 모두들 모자를 벗고 소리치며 누군가는 하늘을 향해 총을 쏘는 시늉을 하며 소리를 내고, 냄비를 두드리는 등 늙은 사과나무를 겨울잠에서 깨우는 예식을 했다. 감사의 뜻으로 사과 사이다를 사과나무 뿌리에 뿌리고, 빵 부스러기를 나뭇가지에 뿌려 새들에게 좋은 열매를 맺게 해 달라고 기원했다.

"왓설(Wassail), 왓설…." 주문을 외며 축배의 소리가 퍼지고 모닥불로 허수아비를 태우면서 축제는 막을 내렸다. 이 축제가 실제로 악령을 쫓고, 늙은 사과나무를 깨워서 계속 싹 트고 열매 맺게 한다고 여겨지지는 않았다. 하지만 마을 사람들 전체가 모여서 즐거운 시간을 갖기 위해 쏟는 열정과 협동은 풍요로운 농사의 결실을 가져왔을 것이 분명했다.

이 지역에는 길가 곳곳에 무인 사과 판매대가 설치되어 있다. 냉장고 안에는 1킬로씩 봉지에 담긴 사과가 들어 있고, '한 봉지에 2불'이라고 쓰여 있다. 옆에는 양철로 된 돈 통이 놓여 있는데, 자기가 돈을 넣고 거스름돈을 가져갈 수 있도록 자물쇠도 채워져 있지 않아서 통째

로 들고 갈 수도 있다. 처음에는 신기하게 느껴지던 정직함과 믿음이 점점 당연하게 생각되며 나도 이곳 태즈메이니아 사람이 되어 왔다.

사과를 따는 계절이 오면 일손이 부족한 이곳에는 현지 사람들뿐만 아니라 외국 유학생들도 많이 와서 일을 하는데 그중에는 한국 유학생들도 제법 있다. 영국과 비슷한 기후 조건으로 인해서 정부에서 할당받은 농지에 1800년대 초부터 영국에서 들여온 사과나무를 심었고, 그 후 이백 년 가까이 사과 산지로 명맥을 이어 오고 있는 이곳은 요즈음 영국뿐 아니라 일본 시장을 겨냥해서 후지 종자를 들여다가 재배 중이다. 크고 수분이 풍부한 후지 사과를 크기가 작고 육질이 단단해

서 맛과 향이 진한 품종의 사과로 개량하여 새로운 제품을 시장에 내놓고 있다.

나는 태즈메이니아가 앞으로도 오래도록 '애플섬'이라는 애칭으로 불리기를 바라는 마음으로 함께 "왓설! 왓설!" 축배를 들었다.

대화와 변화의
시드니 산책길

– 시드니 세인트메리 대성당에서 오페라 하우스까지 –

보라색 자카란다(Jacaranda) 꽃이 흐드러지게 피는 계절의 시드니는 꽃단장한 새색시처럼 화사하다. 그 시절이 오면 나는 세인트메리 대성당에서 시작해서 뉴사우스웨일스 미술관을 거쳐 식물원을 걸어 내려와 오페라 하우스 앞에서 멈추는 산책 코스를 즐긴다.

세인트메리 대성당의 고풍스런 샌드 스톤 건물을 배경으로 자카란다 꽃이 만개하면, 역사의 흔적 위에 순간의 아름다움이 대조적으로 조명되어서 계절이 더욱 찬란하게 느껴진다. 역사는 완전한 아름다움으로 느껴지는 순간들만이 머물렀던 것은 아님을 알기에, 지금이 더욱 머물고 싶은 순간으로 각인되는 것이 아닐는지.

뉴사우스웨일스 미술관은 전시회 프로그램이 늘 다양하게 바뀌어서 흥미롭고, 식물원의 나무들은 언제나 잘 보살핌을 받아서 항구하게 싱싱한 모습이다. 그리고 산책길 끝에 오페라 하우스에 다다르면 시드니의 아이콘 같은 현대식 건물과 파란 물빛 바람이 가슴을 열어 준다.

이번 방문길, 미술관에서는 '대화'라는 전시회가 열렸다. 아시아 미술의 전통적 작품과 현시대 작품을 함께 비교 전시함으로써 과거와 현재의 대화를 시도한 것이었다. 그중 〈무한대의 풍경화〉라는 작품은 중국의 전통적 산수화 족자 옆에 나란히 전시되어 있는 디지털 아트 설치물로, 족자의 산수화와 똑같은 강과 산 모습의 바탕 화면에 자동차 길

을 내고, 구름 대신 스모그가 피어오르고, 촘촘히 들어선 아파트 단지 사이를 자동차와 기계들이 쉴 새 없이 움직이도록 만든 패널이었다.

근대화가 추진되면서 잃어버린 고요함을 그리워하게 만들고, 자연과 명상을 근원으로 하는 동양 문화의 진수가 소실되어 가는 것에 대한 경각심을 불러일으키고 있었다. 스모그 구름이 강조되어 표현되고 태양이 인공 조명등처럼 느껴지는 작품 앞에서 "어떻게 하면 좋을까?" 하고 명상 아닌 해결책을 궁리해 보라는 메시지가 전해 왔다.

반대편 벽에는 일본 화가의 〈이스트사이드〉라는 벽화가 걸려 있는데, 미국 로스앤젤레스에 살고 있는 일본의 젊은 화가가 19세기 일본의 전통적 기법으로 만든 부세화 판화 병풍이었다. 무조건 충성하던 사무라이 영웅들이 만화화된 모습으로 그려져 있는데, 실제로 피를 뿌리는 강렬한 이미지가 우아한 병풍보다는 길거리의 그라피티 같은 느낌을 담고 있었다.

'이스트'라는 신비하고 섬세한 아름다움의 전통적 동양 개념과 '이스트사이드'라는 도심 중심 계층에서 밀려난 변방에서 생존을 위해 피 흘리는 이미지의 대치는 맹종과 반항, 오래된 전통과 이에 반한 새로운 행동의 모색 등이 대립하고 공존하는 모습이었다. 과거와 현재의 시간과 동양과 서양의 공간을 넘나들며 우리는 '대화'하면서 정체성을 찾고 있었다.

갤러리에서 걸어서 오페라 하우스로 내려가는데 전과 달리 이번에는 가는 곳마다 도로 수리 중이라는 팻말과 공사 때문에 쳐 놓은 줄들이 사람들을 빙 돌아서 가게 만들었다. 시드니 전체가 마치 경매를 하기 위해 집 단장을 하는 것처럼 어수선하게 느껴졌다. 어쩌면 새로운

정체성을 찾아간다는 것은 수없이 자신과 대화하며, 집 단장하듯이 새로운 모습으로 자신을 가꾸어 가는 과정인지도 모른다고 여겨졌다.

오페라 하우스에서 열리고 있는 '20：21' 현대 무용 공연은 20세기 무용에 강하게 영향을 미치고 21세기 발레의 초석이 된다는 의미에서 붙인 타이틀이라고 한다. 현란한 몸동작은 가장 수준 높은 곡예로까지 단련되었지만 스토리와 꿈이 배제된 듯한 작품은 에어로빅 강사들의 잘 구성된 시범 연기처럼 느껴졌다. 급박한 현실감 때문일까, 관객이 공감하고 그 의미를 반추해 볼 만한 내용이 담기지 않은 듯한 작품을 보면서 시대를 앞서 나가겠다는 의욕이 현재의 가치를 완전히 이탈

했다면, 단지 가능성의 제시만으로 현시대의 무용이라 부를 수 있는지 생각해 보았다.

보고, 보이는 것을 생각해 보고 싶어서 혼자서 걸었던 시드니 산책을 되짚어 본다. 옛 건물에서 출발해서 현대식 건물에서 끝난 화두 '대화'의 길이었다. 오페라 하우스의 현대식 건물이 1959년 시공되어 1973년 완공되는 동안 덴마크 건축가 예른 웃손이 경비 절감을 위해 건축이 중단된 상태로 1966년 덴마크로 돌아가기도 했지만, 결국 오페라 하우스는 원래의 설계대로 완성되어 2007년에 세계문화유산으로 등재되는 걸작품의 영예를 얻게 되었다.

변화는 저절로 찾아오는 것이라기보다는 대화를 통해서 이루어 내는 것일지 모른다. 역사의 흔적을 고스란히 담고 있는 건물을 배경으로 한 자카란다의 모습도, 전통적 미술과 그 뿌리에서 자라난 현세대 미술가의 작품도, 앞서가는 듯한 현대 무용도 모두 생동하는 삶을 나타낸 것이라고 느껴진다. 변화를 위해 대화하는 생명의 모습이 가득 차올랐던 시드니 산책길이 조용한 호바트 집 창밖에서 파도처럼 다가온다.

내 마음속의 스케치

– 호주 멜버른 시티 몰에서 –

자동차는 다닐 수 없는 보행자 전용 도로에 '땡땡!' 소리 내며 서서히 오가는 전차가 보인다. 초현대적 건축물들이 아름다움을 뽐내는 멜버른의 시티 몰 벤치에 앉아서 잠시 분위기를 느껴 보기로 했다. 빅토리아 여왕 시대에 지은 오래된 아케이드 앞으로 지나가는 전차에 앉은 사람들, 길을 건너는 사람들 사이사이로 거리에서 공연하는 사람들과 구경하는 사람들의 모습이 보였다. 저만치에서 온몸에 은빛 가루를 칠하고 조각상처럼 부동자세로 서 있는 네 명의 사람이 눈에 띄었다. 그중 가운데에 서 있던 사람이 천천히 움직이며 관중을 향해 다가갔다. 그러더니 유모차에 앉아 칭얼대는 아기의 엄마에게는 아기를 달랠 때 쓰는 고무젖꼭지를 쥐어 주고, 외로워 보이는 할머니께는 붉은 장미꽃 한 송이를 공손히 바치고, 어린아이를 안고 서 있는 아빠에

게는 슈퍼맨 증명서를 건네주었다.

한 사람 한 사람에게 다가가서 그들에게 필요한 것으로 도움을 주려는 모습을 보면서 어쩌면 그것이 바로 지금 시대가 바라는 구세주 같은 인간상이 아닐까 하는 생각이 들었다. 주변 사람들이 처한 상황을 알고 그에 맞게 대처해 줄 수 있다면 살기 좋은 세상을 만드는 첫걸음이 될 것이다. 새 시대의 성전은 성당, 교회, 절이나 모스크보다는 대중이 모이는 도시의 광장일 수도 있겠다는 생각도 들었다. 부동의 자세로 수도하듯이 자신을 절제하며 주변을 살피다가 이웃을 도와주는 거리의 예술가들이 미래 세대의 종교인들의 모습처럼 느껴졌다.

길 건너편에서 호주 빈티지 가죽 모자를 쓰고 하모니카를 불면서 기타를 연주하는 일본 청년이 인상 깊었다. 통상 일본 사람은 체구가 자그마하다는 고정관념을 벗어난 커다란 몸집과 얼굴 모습을 하고, 그렇다고 호주인과 일본인 사이에서 태어난 사람 같지도 않은 그는 몇 종류의 악기를 동시에 연주하면서 일본어와 영어로 된 자신의 음악 시디를 팔고 있었다.

얼핏 보면 용모는 서구화된 홍콩 사람이나 중국 사람 같은데 주변에서 한자를 찾아볼 수가 없으니 정체성을 가늠하기가 어려웠다. 어쩌면 이것이 바로 포스트모더니즘의 문화적 특성으로 꼽고 있는 복합성이 실체로 나타난 것일지도 모른다. 그의 연주도 차림새도 하나의 개체 안에 모든 것이 어우러져서 구획이 분명하지 않은 모습을 보면서 이 시대의 혼합된 정체성을 상징적으로 보고 있는 느낌이 들었다.

일본 남자 옆에서는 한 백인 여자가 풍선으로 만든 모자를 쓰고 강아지, 나비, 꽃 들을 만들어 사람들에게 나누어 주고 있었다. 대부분의 사람들은 사양을 하거나 귀찮은 듯 바쁘게 지나치는데도 그녀는 계속 다른 모형을 만들어서 사람들에게 권한다. 돈을 받고 파는 것이 아니라 그냥 주는 것이지만, 사람들은 오히려 그것이 거추장스럽고 방해가 되는 듯이 여겨지고 자신들과는 상관없다는 모습이었다.

그녀는 관심을 보이는 사람이 오기를 기다릴 게 아니라 어떻게 하면 그들의 흥미를 이끌 수 있을지 끊임없이 생각해야 하지 않을까? 매일 각자의 생활 프로그램이 꽉 차 있는 지금, 우리 사회에서 자신의 생각을 타인에게 전하기란 이처럼 어려워지고 있는지 모른다.

과연 그녀의 시간과 노력은 상대를 찾아 자신이 만든 것을 줄 수 있을 때에 가치를 발하게 되는 걸까? 아니면 자신이 재미있어서 열중해 만드는 자체로 충분한 걸까? 수없이 지나다니는 사람들 사이에 앉아서 사람 구경을 하고 있는 나는 과연 무엇을 보고 있는 것일까?

미래의 종교인 모습도 보고, 모든 것이 한데 어우러진 복합성의 상징적 시대 모습도 보고, 자신의 의사 전달과 타인의 받아들임 사이의 괴리와 시행착오를 되풀이하는 모습도 보았다. 멜버른 시티 몰이 내 마음에 스케치되어 자리를 잡는 느낌이다.

멜버른은 인구 480만의 빅토리아주 주도(州都)로, 통계조사 기관에 따르면 6년 연속 세계에서 가장 살기 좋은 도시로 선정된 곳이기도 하다. 1850년대 영국의 빅토리아 여왕 시대 금광이 발견되면서 이민자들이 급증했고, 캔버라로 수도를 옮기기 전에는 호주 연방의 수도이

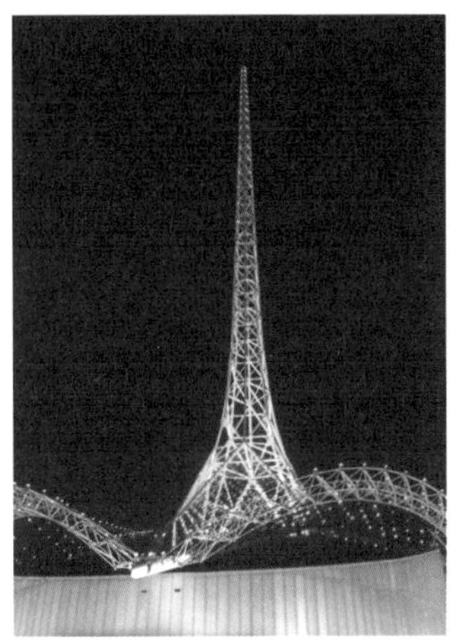

기도 했던 금융과 문화의 중심지였다. 빅토리아 시대의 건물과 현대식 건물들이 함께 빛나는 도시이다.

하지만 나는 이러한 정보들보다 내 눈으로 보고 마음의 스케치를 통해서 느낀 멜버른을 더 오래 기억하고 이야기하게 될 것이다.

빛과 크리스마스

- 뉴욕 롱아일랜드 시티 성당에서 -

시드니 세인트메리 대성당에서 레이저 불빛 쇼가 있을 예정이라는 뉴스를 신문에서 읽었다. 뉴욕에 사는 아들네 집에서 함께 성탄 휴가를 보내기 위해 여행 가방을 싸던 중 때맞추어 들려온 소식이다. 이번에 방문하는 도시들에서 열리는 크리스마스 이벤트들을 인터넷에서 검색하고 계획을 세워 본다. 성탄의 불빛을 보러 떠나는 여행길이다. 그 빛을 따라 주변에 모이는 사람들을 보며 성탄의 의미도 음미해 보고 가족들과도 만날 생각을 하니 소올솔 여행 가방 속으로 기대가 스며든다.

뉴욕 메이시스 백화점에서 선물도 살 겸 온갖 기발한 쇼윈도 장식을 구경하면서 안으로 들어갔다. 작은 전구들의 불빛이 화려하게 반짝인다. 나무 위에는 부엉이와 청설모도 장식되어 있었다. 인간들의 축제

시드니 세인트메리 대성당의 레이저 쇼

에 동물들을 희생시켜 미안한 마음이 들었는데 곳곳에 보이는 동물들이 박제가 아니라 진짜처럼 만든 인형이라는 사실에 유쾌했다. 도시생활에 지친 나머지 숲을 그리워하는 사람들에게 잠시나마 현실을 잊고 꿈속 같은 이곳에서 쇼핑을 즐기라는 의도로 보였다.

손님들은 여기서 선물을 사다가 어린아이들에게는 산타 할아버지가 밤에 가져다주셨다고 말할 것 같다. 산타 할아버지의 선물은 부모와 지인들의 정보와 선택에 따라 다르겠지만, 모든 선물이 아이들을 향

메이시스 백화점 크리스마스 장식

한 사랑을 타고 배달되는 거라고 느껴졌다.

백화점을 나오니 붉은 자선냄비 모금함을 옆에 놓고 한 구세군 남자 대원이 멋진 춤과 노래를 곁들여 종을 치며 사람들 눈길을 사로잡고 있었다. 사람들이 그를 겹겹이 둘러서서 구경하는 통에 길이 막힐 정도가 되었다. 인파를 헤치고 록펠러 센터 앞에 있는 대형 크리스마스트리를 보러 가는데 트리에 가까워질수록 길이 막혀서 움직일 수가 없다.

교통 정체 때 늘어선 자동차들처럼 앞으로도 뒤로도 움직일 수가 없어서 그냥 인파에 떠밀려서 걷는데, 뒤에서 사람이 쓰러졌으니 구급차를 불러야 한다고 외치는 소리가 들렸다. 뒤를 돌아볼 수도 없고 보

록펠러 센터 앞에 있는 대형 크리스마스트리와 인파

이지도 않을뿐더러 어떻게 구급차가 들어올 수 있을지도 모르겠다.

우리는 무엇을 보고 있는 걸까? 불쌍한 이웃이 아니라 모금함 앞에서의 공연, 대형 트리 앞에 모여들어 사고를 유발한 초만원의 인파, 나도 그 속에 있었다. 비등점을 넘어서 수증기로 사라지는 물처럼, 넘치는 군중들 속으로 크리스마스 불빛들이 공허하게 번져 갔다.

크리스마스 날 아침에는 늘 하던 대로 동네에 있는 자그마한 성당에서 미사를 드리며 신부님의 강론에 귀를 기울였다. “어느 날 하늘에서 성부 성자 성령, 셋이 모여서 회의를 했습니다. 안건은 인간 세상이 점점 엉망진창으로 변해 가는 것을 막기 위해 무엇을 어떻게 해야 할

크리스마스의 빛을 마음속에 맞이한 롱아일랜드 시티 성당

것인가였지요. 성자가 나서서 내가 직접 인간 세상으로 내려가겠다고 했습니다. 나머지 둘은 그것은 상당히 위험을 무릅쓰는 일이라고 우려의 목소리를 냈지만 성자는 이것은 해야만 하는 일이니 꼭 하겠다고 했습니다. 여러분들은 모두 가치 있는 사람들이고, 각자의 영혼을 구하는 것은 성자가 목숨을 걸 만큼 중요한 일이라는 것을 잊지 마십시오."

이렇게 삼 분 만에 강론은 끝났다. 우리를 구하기 위해 아기 예수가 오늘 태어났고, 그것을 축하하고 기뻐하는 것이 바로 크리스마스라는 아주 강렬한 메시지가 전해졌다. 온갖 비리와 폭력이 일상사가 되어버린 오늘날을 살면서 '정말로 인간이 소중한 것인지?' 의문이 생기고 마음이 흔들릴 때마다 이 강론은 내 귀에 울려 올 것 같다.

동방박사들이 별빛을 따라가다가 별이 멈춘 곳에서 아기 예수를 만나 경배했다고 한다. 시드니의 세인트메리 대성당을 비추던 레이저 불빛 쇼를 보면서 성탄의 의미를 찾아 떠난 여행길에서 뉴욕의 한 작은 성당에 도착해 신부님의 강론으로 내 마음 안에 예수의 태어남을 맞았다. 우리가 주변에 있는 사람들의 존재 가치를 깨닫고, 그들의 영혼이 우리 마음 안에서 반짝이게 된다면 크리스마스 불빛은 더 이상 공허하지 않고 의미 있게 우리에게 다가올 것이다. 여행 가방으로 스며들던 기대가 환한 빛으로 채워지는 크리스마스를 맞이했다.

모든 사람들의 성모상

- 로스앤젤레스 주교좌대성당에서 -

로스앤젤레스 주교좌대성당 입구에는 성모상이라고 생각되는 여인의 동상이 두 팔을 벌리고 서 있었다. 할아버지는 입술 두툼한 흑인, 할머니는 푸른 눈의 백인, 어머니는 중국 사람이고 아버지는 인도 사람이라면 저런 모습일까 상상해 보게 되는, 몇 인종 혼혈인의 얼굴을 한 현대적 감각의 조각상이었다. 금빛 배경은 신성을 상징하고 세련된 검은빛 몸체는 인성을 강조하는 듯이 느껴졌다. 두 팔을 벌리고 서 있는 모습이 나를 반기는 듯했다.

안내 책자의 설명에 따르면, 성모는 모든 이들의 어머니여야 하기 때문에 여러 인종의 특색을 혼합해서 그 모습을 형상화했다고 한다. 여러 인종 사람들이 함께 모여서 미사를 드리는 곳임을 생각할 때 성모상은 이렇게 흑인인지 백인인지 아니면 황인인지 알 수 없는 모습으

로 표현해야 한다는 것이 이해되면서도 이제껏 보아 온 성모상들과 너무도 다른 모습에 기도가 머뭇거려지는 것은 어쩔 수 없었다.

성모상 밑에는 아메리칸 원주민과 다양한 인종 사람들의 상징적 모습이 새겨진 두터운 청동 문이 있었고, 그 문을 지나 성당 안으로 들어가니 요르단강에서 예수가 요한에게 세례받는 대형 태피스트리가 벽화로 걸려 있었다.

세례받는 예수의 등이 애처롭게 보였다. 우리를 구원하시려는 구세주 예수가 아니라 자신의 죄를 구원받고자 하는 외로운 인간의 모습이었다. 우리의 죄를 대신해서 커다란 십자가를 지고 고통받으며 죽었으

니 우리의 잘못을 용서해 달라고 빌어야 하는 대상이 아니라 옆에서 위로를 해 주어야 할 것 같은 사나이의 모습에 연민의 정이 솟았다.

벽화 앞에는 커다란 대리석 풀에 성수가 담겨 계속 넘쳐흐르며 그 물이 다시 풀에 고인다. 기둥에 달린 대접 모양의 자그마한 성수 그릇에 담긴 물만으로는 이 시대의 죄를 다 씻을 수가 없어서 이렇게 많은 물이 항상 필요한가 보다 싶기도 하고, 넘치는 물이 반복되는 용서처럼 넉넉해서 좋았다.

마침 이 성당에서 다민족의 잔치 미사에 참석할 기회를 갖게 되었다. 맨 처음 아메리칸 원주민이 나와서 그들의 예식으로 동서남북을

향해 깃털을 쳐들고 고개 숙여 절하며 연기를 피워 올린 뒤에 하늘 땅 그리고 세상에 있는 모든 정령들에게 "아호 아호" 하며 인사를 했다.

뒤이어 각 민족 대표단들이 등장해서 노래와 춤으로 이어지는 문화 공연을 하는데 북춤, 부채춤, 아리랑이 울려 퍼진 한국의 프로그램이 그중에서 눈에 띄게 다채로웠다. 힘드셨던 오랜 이민 생활의 흔적이 고스란히 몸에 밴 할머니께서 한국말이 서툰 어린 학생들과 함께 춤을 추시는 모습이 한국 이민사의 단면을 보는 듯 가슴 뭉클하게 느껴졌다.

이탈리아, 포르투갈, 네덜란드 민족의상을 차려입은 중창단들의 노래가 이어진 다음 긴 사제단의 행렬이 들어왔다. 이제까지 서로의 다

름을 뽐내던 사람들이 한목소리로 같은 성가를 부른다. "함께 사는 이들을 사랑하는 기쁨으로 여기 있으니 큰마음의 사랑을 할 수 있도록 당신께서 제 안에 들어와 넓은 바다가 되어 주소서." 모두가 한마음으로 부르는 노래가 잘 다듬어진 성가대의 합창과 파이프 오르간, 관현악기들의 연주와 더불어 하늘로 가는 우렁찬 기도가 되었다.

미사를 봉헌하는 제단과 신도들이 참예하는 자리를 나누는 난간도 없이 바닥은 하나의 평면으로 이어져 있었다. 미사가 끝나자마자 신도들이 제단에 나와서 사진도 찍고, 사제도 미사 봉헌 후에 바로 참석했던 교인들과 어울려 악수하며 인사를 나누는 모습이 모든 면에서 수

평적 관계를 실감나게 했다. 다양성과 평등의 가치가 그대로 표출된 새로운 모습의 미사는 유튜브를 통해서 매주 전 세계로 방영되고 있다.

현 세대의 시대정신인 포스트모더니즘을 이끌어 가고 있다고 느껴지는 미국의 성당에서 여러 인종의 복합적인 모습으로 형상화된 성모 조각상은 새로운 시대를 인도하는 상징적 어머니의 모습으로 깊이 각인되었다. 로스앤젤레스 주교좌대성당 홈페이지에는 이사야서 56장 7절(Isaiah 56:7), "내 집은 모든 사람들의 기도하는 집이라고 불릴 것이다 (My house shall be called a house of prayer for all peoples)."라고 쓰여 있다.

밀라노의
성 금요일

– 밀라노 두오모 성당에서 –

정교한 조각품 동상들이 화려한 레이스처럼 건물을 장식한 하얀 대리석 성당은 우아한 귀부인의 자태처럼 아름다웠다. 14세기에 시작해서 오백여 년에 걸친 공사 끝에 완성된 고딕 건축물인 밀라노의 두오모 성당에는 많은 동상이 세워져 있었다. 업적을 기리는 영웅주의와 그것을 위해 필요한 재료들을 아낌없이 사용할 만큼 뒷받침한 그들의 재력을 실감했다.

어둡고 침침한 건물의 내부는 밝고 빛나는 외부와 대조되면서 화려한 스테인드글라스 창문들이 돋보였다. 벽면에는 유화들이 장식되어 있고, 하늘까지 닿을 듯 높게 뻗은 기둥들이 천장을 받치며 길게 이어진 복도는 많은 신도들이 이용할 수 있도록 설계되어 있었다. 하지만 인간과 신을 연결해 주는 상징적 통로처럼 느껴지는 그곳이 휑하니 비어 있어서 종교에 관심이 없어진 요즘 세태를 보는 듯했다.

텅 빈 성당의 맨 앞쪽 제단에서는 사제들끼리 성 금요일 예식을 치르고 있었다. 예수는 금요일 오후 세 시경 “아버지, 저 사람들을 용서하여 주십시오. 그들은 자기가 하는 일을 모르고 있습니다.” 말씀하시고는 큰 소리로 “아버지, 제 영혼을 아버지 손에 맡깁니다!” 하면서 숨을 거두셨다고 한다(루가 23장 34, 46). 그래서 일 년에 단 하루 성 금요일은 성당에서 미사를 드리지 않고, 대신 오후 3시에 사제들이 교회

를 위해 피를 흘릴 준비가 되어 있음을 뜻하는 홍색 제의를 입고 수난 복음을 낭독한다. 때마침 3세기부터 이어져 온 가톨릭 교회의 이 전통 예식이 거행되고 있었다.

오늘날 이 세상에서 예수의 죽음은 과연 어떤 의미를 지니는 걸까? 물질세계의 쾌락과 경쟁 속에서 실제로 자신의 운명과 나에게 잘못한 사람에 대한 용서를 신의 손에 맡기는 믿음으로 사는 사람들이 얼마나 될까? 을씨년스러울 정도로 커다란 성당 제단 앞에 누운 예수의 영향

력이 애처로울 만큼 자그맣게 느껴졌다. 이렇게 웅장하고 화려한 성전을 짓는 노력 못지않게 어려운 이웃을 보살피는 노력을 했더라면 좀 더 따뜻한 성당이 되었을까?

아무도 오지 않는 고해소에서 고백성사를 주려고 기다리시는 늙은 신부는 오래된 성당 벽의 장식품처럼 보였지만, 변치 않는 긴 기다림 끝에 몇 명의 신도에게라도 마음의 평화를 줄 수 있다면 그것도 아름다운 일이 아닐까 싶었다.

곳곳에 예수의 말과 행적을 전파했던 성직자의 유해들이 곱게 치장되어 조명등 아래 모셔져 있고, 그 옆에 세워진 표지판에는 그들이 재난 속에서 가난하고 상처받은 이웃을 돌보았다고 적혀 있었다. 믿음이란 증명할 수 있는 사실이나 확신이 아니라 오랜 역사에 걸쳐 이루어 낸 인간을 사랑하는 선택의 행로였다는 생각이 들었다.

밀라노의 중심 거리인 리나센테의 백화점 앞에는 이탈리아 국기와 나란히 2015년 밀라노 엑스포 광고 휘장이 펄럭이고 있었다. 이탈리아 경제의 중심지로 일찍부터 무역과 산업이 발달하여 부를 이루고 있는 곳. 라 스칼라 좌의 오페라와 세계 일류 디자이너들의 패션의 도시로 명성을 확보하고 있는 지금의 밀라노는 긴 세월 버티어 온 가톨릭의 믿음과 사랑이 뒷받침하고 있는 것이 아닐까 싶은 생각이 들었다. 빠르게 변하고 움직이는 현재의 시간 감각 속에서 변치 않고 서 있는

거대한 고딕 건축물이 대조적으로 느껴졌지만, 그래도 용서와 화해의 기도가 이어지는 역사의 저력을 믿어 보기로 했다.

세상의 빛으로
살아가는 법

– 플로렌스 두오모 성당 부활절 의식 –

밀라노에서 성 금요일 예수의 죽음을 기념했는데 플로렌스에서는 부활절을 맞이하게 되었다. 부활절을 의미하는 영어 이스터(Easter)는 '어둠을 물리치는 새벽'이라는 말과 '겨울을 이기고 생명이 시작되는 봄'이라는 두 단어의 합성어에서 유래되었다고 한다. 그래서 초대 교회 시절부터 새벽 미사를 드리고 해가 뜨는 순간에 모여서 종을 치고 기도하는 예식이 전해 오고 있다.

플로렌스에서도 아침 일찍부터 두오모 성당 앞으로 사람들이 삼삼오오 모여들고 안전 요원들이 부활절 행사 준비를 위해 바삐 움직이고 있었다. TV 중계방송을 할 카메라 팀들도 도착해서 자리를 잡으며 광장에는 기대와 잔잔한 설렘이 아침 햇살처럼 퍼져 나가고 있었다.

중세의 복장을 한 사람들이 피렌체와 메디치 가문의 깃발을 들고 성

당 앞 광장으로 긴 행렬을 지어 입장했다. 꽃단장한 소들도 부활 예식을 연출할 도구를 끌고 입장한 뒤에 두오모 앞에서 메디치 가문의 깃발을 흔들며 준비가 끝났음을 알렸다. 요즈음 행해지는 자동차 경주의 출발 신호가 연상되는 모습이었다.

화려한 성당의 벽면을 배경으로 모든 준비가 완료된 후 소방대원들이 소방차 사다리를 타고 올라가서 소들이 끌고 온 도구의 꼭대기에 부활을 연출할 장치를 설치했다. 그러자 교황청을 지키는 경비병 차림을 한 사람들이 우렁차게 시작 나팔을 불었다.

드디어 소들이 끌고 온 기구에 불을 붙였다. 연기가 피어오르면서

푸른 하늘로 불꽃이 튀어 오르기 시작했다. 사람들은 부싯돌에서 불이 튀는 듯한 불꽃과 연기를 핸드폰과 카메라로 찍기 시작했고 불은 점점 더욱 강렬하게 타오르며 폭포처럼 불꽃이 퍼져 내렸다. 넋을 잃게 하는 불꽃의 움직임에 온 정신을 빼앗기는 동안에 꼭대기에서 상자가 터지며 그 안에 들어 있던 세 종류 깃발들이 솟아 나왔다. 플로렌스주, 두오모 성당 그리고 메디치 가문의 문장이 선명했다.

그 당시 건축물과는 특이하게 다른 두오모 앞에서 메디치 가문의 공헌을 생각해 보게 되었다. 세 명의 교황을 배출하고 교권과 정치의 결탁으로 유럽 전체에서 막강한 영향력을 행사하던 메디치 가문은 형제

간의 권력 계승에 대한 암투로 바로 이곳에서 부활절 날 암살이 벌어졌고, 가문이 피렌체에서 추방당했다 되돌아오는 부침의 과정을 거치며 서서히 몰락의 길로 들어섰다.

하지만 아직도 가문의 문장이 선명하게 새겨진 깃발을 두오모 안에

걸고서 행해지는 미사의 집전으로 부활절 예식이 마무리되는 것을 보면서 역사는 단지 결과물이 아니라 세월과 함께 지나며 그 속에 녹아든 불가분의 모습으로 존재하는 것이라는 생각이 들었다.

메디치 가문의 예술 애호 사상과 후원으로 레오나르도 다 빈치, 미켈란젤로를 필두로 수많은 르네상스의 예술가들이 많은 작품을 피렌체에 남겼다. 피렌체의 두오모 역시 메디치가의 후원을 받았던 브루넬레스키가 설계한 돔으로 유명하고, 벽이 견딜 수 있는 하중을 능가하는 돔을 건물 위에 설치한 공사는 르네상스 시대의 가장 첨단 프로젝트 중에 하나로 손꼽히는 것이다.

"이로써 부활은 완성되었습니다." TV 방송 팀원들의 만족스런 중계방송의 종료와 더불어 악수하는 모습과 바로 그 밑에서 뭔지 미진하고 허전해 보이는 사람들의 표정이 엇갈리면서 나는 이 전통 예식의 의미를 생각해 보았다.

부활절 전야에 집집마다 촛불을 밝히는 것은 이 땅에 빛으로 오신 그리스도를 기억하며 우리도 세상의 빛으로 살기를 다짐하는 의미를 지녔다. 예수의 죽음은 부활이 없으면 이 땅에 빛으로 다시 올 수 없는 그저 하나의 사건이 되고 만다. 성경에는 예수의 시신을 돌무덤에 묻었는데 사흘째 되는 날 아침에 가 보니 무덤 문이 열려 있고, 이미 부활해서 시신이 없어졌다고 적혀 있다. 초기 교회의 수많은 사람들의 순교가 가능했고 기독교가 세계적으로 전파될 수 있었던 것은 바로 예수의 부활이 사실이라고 확신하였기 때문이다.

이제는 메디치 가문이 이끄는 피렌체도 아닌데 해마다 이 같은 행사를 반복하는 이유는 무엇일까. 왜 사느냐는 질문에, 살아 있으니까 그런 질문도 할 수 있으니 '왜?'라는 질문보다 삶이 선행한다는 법륜 스님의 답변이 떠올랐다. 전통으로 행해지는 부활 예식을 왜 하느냐는 질문보다 나는 과연 사후의 영원한 삶을 믿는 부활을 선택할 것인지,

그리고 어떻게 세상의 빛으로 살아갈 수 있을지 가끔 스스로에게 물어야 한다고 다짐했다. 부활이란 우리가 각자 꿈을 가지고 희망을 잃지 않고 사는 것을 의미하고, 매 순간의 긍정적인 선택으로 우리는 부활하는 것이리라.

베니스
물길의 힘

– 산마르코 광장에서 무라노섬까지 –

플로렌스에서 기차를 타고 베니스로 향했다. 철길 따라 간간이 피어 있는 야생화들의 낯익은 모습을 보면서 여기는 우리 모두가 함께 살고 있는 세상임을 느꼈다. 베니스역 앞에 다다르니 철길도 자동차 길도 모든 육로가 막혀서 수로로 움직이게 되었고, 선착장에서 배를 타고 호텔로 가면서 왠지 다른 세상에 온 듯 물길로 다니는 것이 무척 흥미로워지면서 여행 일정이 더욱 기대되었다.

베니스는 원래 버려진 습지였다가 5세기경 훈족의 습격을 피해 이주해 온 사람들이 척박한 석호 지역을 간척해서 건설한 도시이다. 습지에 나무 기둥을 박고 대리석을 깔아서 지반을 다진 후에 집을 짓고 운하를 파서 지반이 약해지는 것을 보완하면서 물길이 이루어졌다고 한다. 비릿한 바다 냄새도 없고 파도도 높지 않고 단지 물의 움직임만

이 온몸으로 전해지면서 마음속으로 흐르는 물길이 열리는 것 같았다.

엄청난 숫자의 관광객들로 붐비고 있는데, 신기할 정도로 조용했다. 조용하다 못해 뱃길에 출렁이는 물살이 애기를 재우는 요람의 흔들림같이 평화롭게 느껴지면서, 도시의 묘한 매력에 빠져들었다. 세상의 모든 번잡스러움을 잠재우는 물의 힘에 홀린 듯 취한 듯 베니스를 돌아보기 시작했다.

좁은 운하 길에는 여기저기 걸쳐 있는 다리들이 횡단보도 역할을 하고 있었다. 넓은 바다 물길에는 육로의 차선과 같이 기둥들로 뱃길이 갈라져 있고 제한 속도 표지판이 명시되어 있었다. 버스처럼 이용하는 대중교통 보트들과 곤돌라들이 쉴 새 없이 오가고 이곳저곳에 곤돌라를 계류할 수 있는 정박장의 기둥들이 고즈넉하게 기다리고 있었다.

수상택시로 호텔 문 앞까지 가서 물 위에 세워진 건물 안으로 들어갔다. 자동차를 세우고 차에서 내리듯이 배를 대고 내릴 수 있도록 편

편한 나무 통로가 설치되어 있고 바로 호텔 로비와 연결되었다. 오는 동안 물길의 흔들림 때문인지 고정된 호텔 바닥이 잠시 동안 흔들리는 듯한 착각이 느껴졌다.

호텔 체크인을 한 다음 베니스의 수호성인 산마르코의 유해가 안치되어 있는 산마르코 대성당과 베네치아 공화국의 최고 통치자 도제의 궁이면서 입법 사법 행정부의 역할을 했던 두칼레 궁전이 있는 산마르코 광장에서 베니스를 돌아보기 시작했다.

베니스의 상인들이 당시 인지도가 높은 성인 산마르코를 베니스의 수호성인으로 모시려고 그의 유해를 알렉산드리아에서 옮겨 올 때 이

슬람 관리의 검열을 피하기 위해 돼지고기 밑에 숨겨서 운구해 왔다고 한다. 성당의 내부 장식과 주변에서 눈에 띄는 건물들의 아주 정교한 장식들은 금색이 곁들여져서 화려한 느낌을 주었다.

예술품 같은 건물들이 운하 곁에 끝도 없이 늘어서 있고 날씨와 시간에 따라 물길에 드리우는 그림자들로 환상적인 분위기를 자아내고 있었다. 셰익스피어의 희곡『베니스의 상인』의 무대가 되었던 곳이고, 그 밖에도 희대의 바람둥이 '카사노바'의 출현을 비롯하여 베니스 출신 탐험가이자 여행가로 알려진 마르코 폴로의『동방견문록』의 진위 여부에 대해서도 여러 가지 설이 있는 것을 볼 때 베니스 문화에 녹아 있는

지략이라고 할지 허풍이라고 할지, 그 연극적 요소가 흥미로웠다.

역사를 살펴보면 베네치아인들은 공화국을 건설하고 8세기부터 한 천 년 동안 독립된 도시 국가로 존재하면서 해양 강국으로 지중해 무역을 독점하였다. 자산이라고는 소금과 생선뿐인 섬에서 뛰어난 상술과 항해술로 베네치아는 비잔티움 제국으로부터 특혜를 얻었고 십자군 원정을 통해 점차 그 세력이 강대해졌다.

하지만 아메리카 대륙의 발견으로 지중해에서 대서양으로 무역의 구심점이 옮겨지면서 무역에 의존하던 베네치아는 점차 쇠퇴의 길을

걷게 되고 18세기부터는 유리 공예와 비단 제품, 금속 가공, 관광업 등이 주요 산업이 되었다. 정부는 유리 공예가들을 무라노섬에 옮겨 살도록 하고, 그 가족들의 신분을 보장해 주면서 비법이 새어 나가지 않도록 했다고 한다.

이 전통은 무라노 유리 공예품의 품질과 명성을 오래도록 유지할 수 있도록 했고, 관광객을 위한 대량 생산에 들어가서 전 세계로 활발하게 수출하기 시작했다고 한다. 배를 타고 방문했던 무라노섬에서는 아직도 유리 공예가들이 각자의 공방을 갖고 자신만의 독특한 색과 투명도를 추구해 창조적으로 공예품을 제작하고 그것에 서명해서 제품의 독창성과 개성을 보증하고 있었다.

그런데 이 아름다운 도시가 조금씩 가라앉고 있다고 한다. 19세기 후반부터 무분별한 산업화의 영향으로 지반 침하가 일어나고 기후 변화로 인해서 해수면이 상승하면서 홍수가 잦아졌고, 거센 폭풍우로 인해 높이 2미터에 가까운 밀물이 도시를 집어삼키는 재앙이 있었다.

이탈리아 정부는 수십억 달러의 예산을 투자해서 갑문 장치를 설치하여 바닷물의 유입을 막고 있지만 산마르코 광장은 훨씬 잦은 침수 현상을 겪고 있다. 이로 인해 국제적인 관심을 불러일으켰고 고수위 현상에서 환경을 보호할 목적으로 특별법이 제정되었지만 최선의 방법이 무엇인가 하는 문제는 아직도 풀어 가야 할 숙제라고 한다.

물에 잠겨 가는 베니스를 보면서 맨 처음 악조건 속에서 옮겨 온 사람들이 물길을 내고 번영하다가 이제 다시 그 물길 때문에 어려움을 맞게 되는 역사의 흥망성쇠를 생각해 본다. 노자의 상선약수 사상에

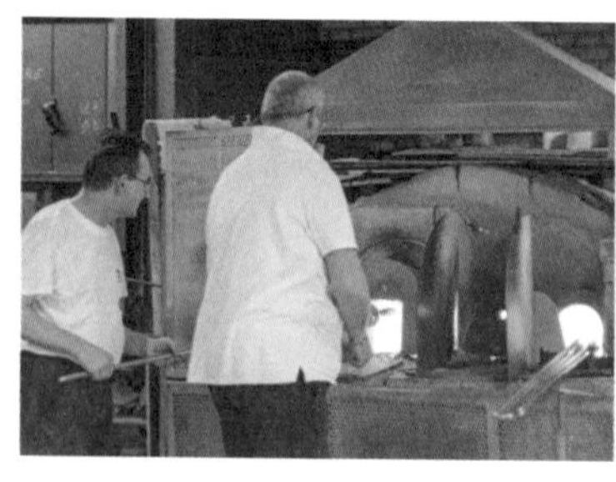

서 설파된 것과 같이 물은 흐르고 변화하며 무한한 포용성을 통해서 더 나은 결과를 향해 나아가기도 하고, 이를 잘못 다룰 때는 무서운 재앙을 가져오는 속성을 지녔다.

물의 힘이 베니스의 소음을 잠재우고 평화로움을 가져오지만 또한 도시를 파괴할 수도 있는 위협이 되고 있다. 이제라도 모두가 지혜를 모아서 끊임없이 최선의 노력을 기울인다면 이 아름다운 도시를 구할 수 있지 않을까 하는 내 나름대로의 바람으로, 고요한 물길에서 우리들 마음속에도 환하게 길이 열리는 아름다운 베니스의 모습이 계속되기를 기대해 본다.

신화의 땅,
아테네

– 아테네 에리크테이온 신전 & 아크로폴리스 뮤지엄 –

아테네는 어디를 가나 부서진 석조 건물들과 쉽게 옮길 수 없는 커다란 돌덩이들 사이를 수많은 관광객들이 무리를 지어 구경하고 있었다. 대부분 신을 숭배하던 곳이라 신이라는 개념도 원래 건물의 크기도 현시대와의 역사적 거리도 모두 아득하게 멀게 느껴졌다.

아크로폴리스 제우스 신전, 아고라 등 볼 곳은 많고 분위기도 비슷해서 읽고 온 그리스 신화들이 머릿속에서 뒤엉킨 듯 헷갈렸다. 하루 종일 뙤약볕 아래에서 유적지를 돌아다니다 보면 사람들이 마치도 신전에 바쳐진 제물들처럼 갈팡질팡하고 있는 것 같은 느낌도 들었다.

아크로폴리스는 높은 바위 언덕 위에 세워진 도시국가였다. 장엄한 건축물에서 신에게 제사를 드리는 모습을 상상하며 아테나를 숭배하던 파르테논, 아테나의 아들 에리크토니오스의 탄생지 에리크테이온,

승리의 신 니케아와 늘 함께임을 나타내는 아테나 니케아가 파손된 채로 서 있는 신전들 사이를 걸어 다녔다.

신화에서는 이 땅을 차지하기 위해 신들이 서로 경쟁을 했는데 포세이돈은 자기가 만든 소금물이 나오는 샘을, 아테나는 올리브 나무를 걸고 대결한 결과 아테나가 이겼다고 한다. 그 전설상의 올리브 나무가 자라고 있다면서 관광 가이드가 보여 주는데 쉽게 믿을 수가 없었다.

아름다운 자연에 둘러싸여 살던 고대 그리스 사람들은 그들의 풍부

한 상상력으로 세상 모든 것을 다 신비스러운 생명을 지닌 신으로 생각했다. 이 범신론적 그리스 사상이 기독교 사상과 더불어 서양 문화의 뿌리가 되었다고 생각하니 파르테논 신전에 세워진 하얀 대리석 기둥들이 더욱 눈부시게 빛났다. 세계 문화재 등록 문헌에 파르테논 신전은 "단결과 평화의 가치관으로 균형과 조화를 유지하려는 휴머니즘 정신을, 간결함과 정확성을 담은 건축 기법으로 전파시킨 서구 문명의 상징적 건축물"이라고 적혀 있었다.

곁에 있는 에리크테이온 신전은 아리따운 여신의 조각상으로 이루어진 여섯 개의 기둥들이 천장을 바치고 있었는데 지붕 위에 파란 하늘과

구름을 함께 떠받들고 있는 듯이 보였다. 이 여신 조각상들은 모조품이고 진품은 아크로폴리스 뮤지엄에 보존되어 있다고 쓰여 있었다.

아크로폴리스 언덕에 세웠던 신전들의 원래 모습과 현재까지 계속되고 있는 발굴로 현존하는 유물들이 어떻게 보존되고 있는지 알아보고 싶어서 새로 설립된 아크로폴리스 뮤지엄을 찾아갔다. 입장권을 사려는데 그곳에 있던 한 젊은 그리스 여직원이 한국말로 "혹시 한국분이세요?" 한다. 깜짝 놀라는 우리 부부에게 "제가 한국 드라마를 좋아해서 대학교에서 한국말을 배웠거든요. 무지 한국에 가 보고 싶어요." 완벽한 표현에, 그것도 아직 한국을 가 보지 못한 상태에서 이 정도의 한국말을 구사한다는 사실이 놀라웠다.

연극은 에게해 농경문화에서 그 기원을 찾는 것으로 첫 번째 극장의 초석도 아크로폴리스의 남쪽 벼랑에 세워졌는데, 이렇게 연극의 유서가 깊은 아테네에서 한국의 드라마에 심취해서 한국말을 배우는 사람이 있다는 게 반가웠다. 인류 문화의 소통과 유대감이 현실로 다가오는 흐뭇한 순간이었다.

뮤지엄은 들어가는 입구가 유리 바닥이라서 밑으로 땅에 묻혀 있는 유적들이 보이고, 이 건물이 그 유적 위에 세워졌다는 것을 알 수 있었다. 파손된 대리석 조형물의 조각들을 이용해서 두 마리의 사자가 제물인 황소를 가운데 놓고 물어뜯는 모습을 재현해 놓은 설치물이 인상적이었고 에리크테이온 신전에서 보았던 여신상 기둥들의 진품은 몸매와 치장한 모습이 미려하고 정교한 데 놀랐다. 깨어진 신의 모습들과 '부활한 승리의 여신 아테네 니케아'라는 팻말을 읽으며 형상에

담긴 신의 개념은 무엇일까 한번 더듬어 보았다.

이 새로운 아크로폴리스 뮤지엄은 건물 벽 전체가 유리로 되어 있어서 사방으로 아테네시의 전경이 한눈에 들어오는 초현대식 건물이었다. 유적 위에 세워진 초현대식 건물 카페에서 그리스 전통 음식을 맛보고 커피를 마시며 깨어진 신들의 조각 파편들을 머릿속에서 퍼즐처럼 맞추어 보다가 너무 방대해서 그만 포기해 버렸다.

도시 가운데 세워진 제우스 신전을 올려다보며 하늘과 기상의 왕으로 번개 다발을 들고 있는 수염 난 남자, 제우스 신이 두통을 치료하느라 쪼갠 자신의 머리에서 나온 그의 딸 아테나를 위해 방패를 선물하는 장면을 그려 본다.

아테나는 순결한 처녀로 전쟁과 지혜의 신으로 투구를 쓰고 방패를 든 여전사의 모습으로 사람들에게 은혜를 베풀며 영웅들을 수호한다. 특히 아테나가 총애한 영웅 중 하나로 오디세우스를 들 수 있다. 아테나는 오디세우스의 배가 난파되어 오기기아섬에 붙들려 있다가 그의 고향 이타카로 돌아갈 때까지 도움을 주었다. 이 여정을 기록한 호메로스의 『일리아드』와 『오디세이아』는 트로이 전쟁에 얽힌 구전 신화들을 기록하고 모험담을 담은 장대한 서사시로서 서양 문학의 초석이 되었다. 이렇게 나는 역사 속의 아테네를 아테나 여신과 연결시켜 보려 하고 있었다.

고대의 만남을 즐겼던 유적지 아고라에서 현대 아테네의 도심으로 들어오자 도로변 건물 벽에 '깨어나라'라고 그라피티가 적힌 치열한 삶의 현장으로 바뀐 것이 보였다. 조상님들 덕분에 먹고사는 데 큰 보탬이 되고 있구나 하는 생각과 더불어 '인류의 문화적 유산'이라는 꼬리표 때문에 허물지도 못하고, 수리와 재건은 해야 하는데 재원은 턱없이 부족해 보이는 길거리 현실 모습에서 긴 역사를 품고 살아 내는 자부심과 피로함이 동시에 느껴졌다.

손님 없는 골동품 상점 앞을 지나며 문득 무라카미 하루키의 여행기 『먼 북소리』에서 읽은 한 아테네 여인의 말이 떠올랐다. “그리스는 시가 아주 발달된 나라예요. 소설보다 시를 더 활발하게 쓰죠. 그리스에서 시는 역사적인 것이니까요. 그리스 시인이 노벨 문학상을 두 번이나 탄 건 알고 있어요? 하지만 문제는 시만 써서는 도저히 먹고 살 수 없다는 것이지요. 시인은 직업이 될 수 없어요.”

호메로스 이후 대서사시의 형태로 계승되어 온 그리스의 시는 물론

유산에 속하지만 시인은 생계를 해결하기 어렵다는 이야기가 한산한 골동품 상점과 대비되면서 거리에 잔재한 유산만으로는 모든 것을 해결할 수 없는 그리스의 현실이 실감 났다.

여행 중에 여기저기서 산 책자들을 선편으로 집으로 우송하고 떠나느라 대개 현지 우체국에서 우리의 여행이 마무리되곤 했다. 이번에 아테네에서도 시내에 있는 우체국에 갔더니 그야말로 우리 편의를 돌보아 주는 고고한 여신과 같은 태도로 신용카드는 받지 않고 현금만 받는다고 했다. 그러면 가까운 현금 인출기가 어디에 있느냐고 물어보니 그것은 네가 알아서 할 일인데 왜 나에게 묻느냐는 태도를 보였다.

우체국이라는 공공기관에서 신용카드를 사용할 수 없는 뜻밖의 황당한 경험을 하고 나오는데 정부 청사 앞에 밝은 햇빛을 받으며 서 있는 아테나와 포세이돈의 동상이 눈에 들어왔다. 고대 도시 국가 중에서 가장 민주주의가 발달하고 대중이 예술과 철학을 사랑하던 그리스 역사의 고리는 포세이돈에 승리한 지혜의 여신 아테나로 연결되어 면면히 이어져 왔다. 그 지혜가 앞으로도 계속해서 그리스의 전통을 지켜 전승되어 가기를 바라는 마음이 가득했다.

재난을 이겨 내는 희망의 Re : Start!

– 크라이스트처치 캔터베리 뮤지엄에서 –

"우리는 두고 떠나온 우리의 땅을 결코 잊지 않을 것이다." 크라이스트처치 캔터베리 뮤지엄 역사의 홀에 걸려 있는 문구다. 여행할 때 그 지역 뮤지엄에 들러 간단한 역사와 문화를 둘러보는 것으로 시작할 때가 많다. 캔터베리 지방 개척의 역사, 마오리 문화, 유럽에서 온 이민자들의 역사 등을 체계적으로 전시해 놓았는데 떠나온 땅을 '우리의 땅'이라고 명시해 놓은 구절을 읽으며 영국과 뉴질랜드의 정체성이 잠시 엇갈렸다.

보통은 이민을 가는 곳의 문화에 이주자들이 적응되는 것이지만 이곳 크라이스트처치는 처음부터 영국 잉글랜드 지역에서 온 초기 이민자들이 그들의 고향 문화를 남반부에 새롭게 건설하려던 꿈과 의지로 시작되었다는 것을 알게 되었다. 집 둘레에 정원을 잘 가꾸어 놓는 영

국의 풍습대로 뮤지엄 옆에는 식물원과 해글리 공원이 잘 다듬어져 있었다. 그 곁을 흐르는 강 이름도 영국 케임브리지에 있는 에이본강과 같았고, 펀팅을 하면서 강을 오르내리는 모습도 거리의 이름들도 영국으로부터 가져온 것들이 많았다.

딸 순호와 케임브리지 대학에서 에이본강을 펀팅으로 오르내린 적이 있었다. 그때는 자연보다는 군데군데 대학교 건물과 연결되는 돌다리들과 도시 전체에 퍼져 있던 오래된 건물들이 인상적이었는데, 이곳에서 아무리 강의 이름을 '에이본'이라 짓고 거리의 이름을 케임브리지에서 따온다고 해도 그런 멋진 석조 건물을 짓고 역사까지 입히

려면 만만치 않은 시간과 노력이 들겠다 싶었다. 아니면 다른 모습 이대로 '다시 시작하는 도시, 크라이스트처치'의 에이본강이라도 좋다고 여겼다.

모든 것을 이곳에서 다시 시작해야 했던 이민자들은 영국이 자신들의 땅이라는 생각과 조국을 위한다는 애국심으로 제1차 세계대전 때에는 영국군을 도와서 참전하였다고 한다. 영국 이민자들의 다시 시작하는 결연하고 끈질긴 마음의 자세가 크라이스트처치에서 커다란 울림으로 전해 왔다.

그 당시 이민은 사람들만 온 것이 아니라 동식물도 함께 왔다. 영국

에서 온 사람들은 뉴질랜드에 처음 도착해서 산, 들판, 강 모든 곳이 영혼 없는 형상처럼 비어 있다고 했다. "당당히 동물이라 부를 수도 없는 '뉴질랜드산 뜸부기', '무덤 파먹는 귀신 같은 뱀장어' 따위 것들만 있을 뿐이다."고 신문에 호소문을 싣고 '캔터베리 새 풍토 순화 협회'를 창설했다. 그리고 '해독이 없고 유용하고 아름다운' 동식물들을 수입하여 서서히 야생의 자연에 풀어놓았다고 했다.

이 첫 역할을 한 동물 축사가 뮤지엄 바로 옆에 있는 해글리 파크에 지어졌었다. 그러나 수입된 동식물들은 급속히 번식되어 결국 많은 토종 동식물들의 번식에 해를 입히는 결과를 초래했고, 일부는 멸종위기에 놓이게 되었다. 지금은 캔터베리 뮤지엄의 연구원들이 새로운 동식물의 의도적 유입이 뉴질랜드 생태계에 미친 영향을 연구하고 있었다.

이러한 과정을 거쳐 다시 시작하는 마음으로 이룩된 도시가 2011년 2월에 규모 6.3의 강진으로 대부분 붕괴되었고 사망자가 166명, 부상자와 실종자가 400명에 이르는 대형 참사로 기록되었다. 도시의 아이콘 같았던 고딕식 캔터베리 대성당도 크게 파괴되었다.

이번 여행길에 본 크라이스트처치는 지진 발생이 여러 해 지났는데도 성당은 철조망으로 둘러쳐진 채 출입을 할 수 없었고, 시내 곳곳에서 수시로 일방통행 표지판을 바꾸어 설치해 가면서 길을 나누어 쓰고 있어서 교통이 혼잡하고 GPS로 길을 찾아가기도 주차하기도 어려운 상황이었다. 언제 복구 작업이 끝날지 걱정스러울 정도로 느린 회복의 속도에 도시는 지쳐 있었다.

이곳 주민들은 이제 안전하다고 믿고 싶어 하는 것 같았지만 지질학자들은 남태평양의 지반층과 호주 대륙의 지반층이 맞물리는 곳이라 언제든지 지진이 다시 발생할 위험이 따른다고 했다. 그래도 무너진 도시의 재건 작업에 모든 힘을 다하고 있었다. 다시 시작하는 것은 선택보다는 삶의 필연의 자세인 것 같았다.

이렇게 붕괴된 도심의 한복판에 화물 운반용 컨테이너들을 쌓아 놓고 장사를 시작한 곳이 있었다. 상가 이름도 다시 시작하겠다는 의지가 담긴 '리: 스타트'였다. 2011년 지진으로 삶의 터전을 하루아침에 잃고 컨테이너 몇 개를 놓고 시작했던 상가가 2016년에 옆자리로 옮겨서 컨테이너들을 여러 색으로 치장하고, 설치 미술품도 생기고, '자연 재해를 이기는 사람들의 힘', '내가 무엇을 한다고 하면, 한다' 같은 표어들을 표지판으로 세워 놓았다.

상가 가운데 설치해 놓은 조각상도 인상적이었다. 깨진 도자기의 조각들을 다시 붙여서 수리해 놓은 듯이 보이는 금이 간 모자이크 형식의 조각상이었다. 그것도 즐겁게 노래를 부르면서 잔디를 깎고 있는 모습이 상처를 보듬고 다시 시작하는 결연한 마음을 상징적으로 표현한 듯했다. 상가 전체에 가득 찬 긍정적 분위기에 박수를 보내는 마음으로 우리는 '리: 스타트' 쇼핑몰에서 저녁 식사를 하기로 했다.

사실 우리 삶에 일어나는 일들 중에는 우리 힘으로 어쩔 수 없는 경우가 아주 많다. 그때마다 우리는 해결을 위한 선택을 하지만, 그 선택은 예기치 못한 결과와 새로운 문제를 불러일으킬 때도 있다. 새로운 곳에서의 정착도, 풍토 순화를 위한 노력도 모두 가능한 범위 내에서 최선을 다했던 삶의 모습이었을 것이다. 때로는 불가항력적으로 닥쳐오는 자연 재해나 힘든 상황을 극복해 내는 길은 긍정적으로 다시 시작하는 방법밖에는 없지 않을까 싶다.

아직도 지진 복구 작업이 한창인 상처투성이의 크라이스트처치, 다시 시작한 도시에서 끈질긴 생명력을 보았다. 무너진 캔터베리 대성당 옆에 설치되었던 현대식 조형물이 쓰러지지 않고 지진을 견디어 냈다고 한다. 재난을 이겨 내는 인간의 지혜에 대한 희망이 바로 생명력과 직결되는 트로피처럼 느껴졌다.

Part 2

마음의 풍경

내 가슴속에 상주하며 더불어 살고 있는 이 모습들은 언제, 어디에서 왔을까? 너와 나 그리고 별이 그러하듯이 그리움과 빛남으로 존재를 알 수 있을 뿐이다. 이 세상 항해의 후반부를 향해 가면서 저 세상 삶과의 연결 고리를 찾아내는 평화로운 마음 길을 그려 본다. 이번 삶에서 만났던 사람들을 다시 만날 수 있기를 바라는 그리움을 담았다.

멀리 수평선 너머로 항해는 계속되고
안개가 걷히는 곳에서 새날이 시작된다.

삶의 여정과 인연

– 미국과 한국에서 다시 만난 옛 친구들 –

보슬비 내리는 소리가 들릴 정도로 고요한 집으로 돌아오니 여행 중에 만났던 사람들과의 대화가 마음속으로 낭랑하게 들려온다. 빗방울이 더 가늘게 는개로 흩어지며 눈앞에서 흐르는 강물을 덮고, 어렴풋이 보이는 강 건너 마을 그림자 속에서 그간 만났던 친구들의 모습이 또렷하게 다가온다.

주소록을 찾아서 몇 십 년 동안 만나지 못했던 친구들에게 연락을 하여 만날 약속을 하고 길을 떠났다. 언제 어디서 마주쳐도 반가웠을 사람들이지만 꼭 한번 만나 보고 싶다는 것과 우연히 마주치는 것은 다른 상황이다. 인생을 하나의 긴 여행길로 여기며 우리는 지금 어디쯤 와 있을까 알아보고 싶은 생각이 들었다. 서로 비슷한 출발점에서 제각각 다른 삶을 향해 나아갔던 학교 동문들, 지난날 깊이 있는 만남이 오갔던 사람들을 다시 보고 싶었다. 길과 길이 이어져서 지금은 다른 곳에서 살고 있는 사람들이 어떤 모습으로 살고 있을까? 외모 속에 담겨 있는 그들의 내면적 모습을 만날 수 있기를 바랐다.

중 · 고등학교 때 가깝게 지냈던 친구들 몇 명이 미국에 살고 있다. 오랫동안 만나지 못했기 때문에 알아볼 수 있을까 하는 걱정과 설레는 마음을 가라앉히며 약속 시간보다 조금 일찍 나갔다. 삼십여 년 전에 만났었던 친구는 벌써 와 있었다. 둘 다 살이 붙었고 얼굴엔 주름살이 잡혔지만 우리는 금방 알아볼 수 있었다. 수줍은 웃음에 상대가 어떻게 생각하는지 혹시나 마음을 다치게 할까 봐 늘 한 박자 늦게 자기 생각을 드러내던 친구는 이제 할머니가 되어 손주들을 보살피며 더욱 따뜻해져 있었다. 사십여 년 만에 만나는 또 다른 친구는 예전의 활발하던 모습과 뛰어난 능력으로 일생을 반듯하게 잘 살아왔음을 굳이 물어보지 않아도 지금의 모습에서 충분히 알 수 있었다.

우리는 학창 시절에 이미 각자의 고유한 개성을 지니고 있었기에 그 이후 변한 모습이라고 해 봐야 음식으로 비유하자면 양념 맛 정도가 아닐까 싶은 생각이 들었다. 어쩌면 각자의 본성을 알 수 있을 만큼 서로를 알고 느낄 수 있었던 것을 소중한 인연이라고 하는지 모르겠다. 인간적인 본바탕이 참된 아름다움이고, 아름다움이란 알 만하다는 어원을 가진 오래되고 잘 아는 것을 뜻하는 말이라고 하니 오래된

친구들보다 더 아름다운 것은 없지 싶다.

뉴욕 메트로폴리탄 뮤지엄 크리스마스트리 앞에서 일곱 명의 친구들이 만나기로 했다. 한국, 호주, 유타, 펜실베이니아, 뉴저지 그리고 뉴욕 모두 다른 곳에서 살고 있는 우리들은 뉴욕에서 화가로 생활하고 있는 친구의 제안으로 고등학교 졸업 후 처음으로 모이게 된 것이었다.

함께 모여서 그사이 먼저 세상을 떠난 친구의 묘소도 방문했다. 우리로 보아서는 먼 이국땅이라고 할 수 있지만 그녀가 살았던 곳에서 남기고 가는 가족들이 쉽게 찾아올 수 있는 곳에 묻힌 그녀를 보면서, 우리는 결국 우리를 사랑하는 사람들 곁에 머문다는 생각이 들었다. 묘소는 남아 있는 사람들이 거머쥐고 싶은 작은 위로 같은 것이 아닐까?

사십여 년 만에 살아서 만나는 친구와 망자로서 만나는 친구의 차이가 무엇인지 생각해 보았다. 내가 존재하고 있는 시간과 공간에서 마주친 사람들과의 관계를 인연이라고 한다면, 조금 일찍 헤어지거나 나중에 헤어진다고 해서 별로 다를 것은 없지 싶다. 함께 영원히 있을 수 없음을 슬퍼 말고 잠시라도 같이 있음을 기뻐하라는 말이 떠올랐다. 그렇게 우리는 작별 인사를 했고, 또 그리하게 될 거다.

떠나는 나에게 한 친구는 그사이 등단을 하고 처음 출간한 자신의 수필집을 주었다. 돌아오는 비행기 안에서 찬찬히 읽어 내려갔다. 이민 생활이라는 비슷한 환경을 느끼면서도 눈에 들어오고 마음에 받아들이는 모습들이 참 다를 수 있음을 느꼈다. 그래서 글에는 각자의 빛깔과 개성이 담기나 보다. 여행은 다른 개성들의 친구들을 만나 더욱 즐겁게 만들고, 삶의 여정은 그 친구들을 변함없이 사랑하는 힘을 길러 주었나 보다.

미국 여행을 마치고 돌아오는 길에 한국에서도 오래된 인연들을 만났다. 작년에 은퇴를 하고 남편 고향에 전원주택을 지어 포도 농장을 일구고 있으니 한번 다녀가라는 연락을 받았다. 오랜만에 친구가 보고 싶고 또 한국의 시골 정취를 느끼고 싶어서 기차를 탔다.

동대구역에서 마중 나온 친구를 만나 그녀가 살고 있는 마을 입구에 들어서니 아카시아 꽃향기가 가득하다. '시가 꽃으로 피는 배내길'에는 이육사의 「청포도」를 시작으로 잘 알려진 시가 적힌 팻말이 일정한 거리를 두고 세워져 있고, 뒷산에서는 하얗게 꽃을 피운 아카시아 나무들이 화사한 오월을 알리고 있었다. 길 끝에는 제법 커다란 연못이 있었다. 연꽃이 가득 피었을 때의 모습을 친구의 전화기에 담긴 영상으로 보면서 둘레길을 산책했다.

친구는 마음으로 자연의 조화로운 모습을 발견하는 것을 기뻐하며 시골 생활에 안주하고 있었다. 오래전 부산 방문길에 친구의 직장 근처에서 잠시 만났을 뿐인데 우린 학창 시절 마음에 새긴 서로의 모습을 그대로 간직하고 있었다. 아직도 그 변함없음에 배내길가 팻말에 적혀 있는 구상 시인의 시처럼 "반갑고, 고맙고, 기뻤다".

아프리카 속담에 빨리 가려면 혼자서 가고 멀리 가려면 함께 가라고 했던가. 이승의 여정에서 내 소중한 인연들과 더불어 생각하고 담소하며 힘든 일 나누면서 가는 것을 생각하면 흐뭇하고 든든하다. 이번 여행길에서 다시 만나 본 나의 옛 친구들은 앞으로도 내 마음 깊은 곳에서 오래도록 함께할 것이다. 그래서 내 기도는 더욱 풍성해지고 이렇듯 고요한 나의 집은 조금 더 따뜻하게 채워질 것이다.

잊지 못할 루이스 수녀님

– 시드니 킨코팔 성심학교 수도원 묘지에서 –

루이스 수녀님이 시드니 킨코팔 성심학교 수도원 묘지에 묻혀 계시다는 소식을 오래전에 전해 들었다. 언젠가는 찾아가 뵈어야지 하고 벼르다가 오늘은 엄두를 내서 로즈베이 가는 페리를 타고 학교로 향한다.

한 잔의 커피를 사서 들고 선실 밖에 앉아 햇볕과 바람에 나를 맡긴다. 손에 든 작은 컵이 편안하게 느껴졌다. 서둘러 마시지 않아도 되고, 필요 이상의 칼로리 축적을 염려하지 않아도 되고, 내 일상생활도 이렇게 조금씩만 계획하면 오늘처럼 미루어 두었던 일들도 하나씩 할 수 있겠구나 싶었다. 여태까지는 '조금만 더 하자.'고 자신을 부추기며 살아왔는데 이제부터는 '이만하면 되었어.' 하고 주변을 돌아보는 것도 즐거울 것 같다.

학교에 도착하니 우선 닫혀 있는 문에 '용무가 있으신 분은 옆에 있는 벨을 누르십시오.'라는 작지만 또렷한 표지가 눈에 띄었다. 무엇인지 모를 익숙한 분위기를 느끼며 벨을 누르니 사람이 나와서 응접실로 안내를 하고 무슨 일로 왔는지를 물었다. 서울 성심학교 졸업생인데 루이스 수녀님 묘소에 인사라도 드리고 싶어서 왔다고 대답했다. 잠시 후 육십 대 후반으로 보이는 원장 수녀님이 나오셔서 반가이 맞아주시며 누군가에게 묘지 입구 자물쇠가 바뀌었으니 새 열쇠를 가지고 와야 한다고 전화로 말씀하셨다.

우리는 성모상이 있는 동산을 거쳐 뒤뜰에 있는 자그마한 묘지에 도착했다. 한 이십여 개의 묘들이 가지런히 놓여 있는 잔디밭은 야트막한 철책으로 둘러쳐 있었고 그곳에서 내려다보이는 시드니 경치는 더할 수 없이 환상적이었다. 정작 땅속에 계신 수녀님은 아무것도 보지 못하실지 아니면 영혼의 눈으로 늘 보시고 계실지 모르지만 분명한 것은 당신을 기억하고 찾아오는 사람들에게 이렇게 아름다운 경치를 선물하며 반기시는 것 같았다.

"이제야 찾아뵈러 와서 죄송합니다. 당신이 가르쳐 주신 영어로 저는 호주에서 불편 없이 살고 있습니다. 감사합니다. 삼십구 년 전에 함께 인사드리러 찾아갔던 그 남자와 결혼해서 딸과 아들 한 명씩 두었고, 지금은 여섯 살 된 손자랑 갓 태어난 손녀도 있는 할머니가 되었습니다.

어쩌다 교실 문이 쾅 닫히면 씽씽 바람이 이는 걸음걸이로 나타나셔서 학급비 중에서 벌금 오십 원을 받아 가시던 것이 기억납니다. 예절과 학교 기물을 소중히 여기는 마음을 가르치시느라 교실 문을 살살 여닫기를 항상 강조하셨는데, 누군가가 '쾅!' 소리가 나게 문을 닫으면 그럴 때마다 어김없이 나타나셨지요. 매번 그렇게 다리도 아프지 않으셨습니까?

우리들이 실용적인 영어를 자연스럽게 배우도록 하기 위해서 당신은 전혀 한국말을 안 하시고 우리는 무조건 영어로 의사소통을 해야만 했지요. 저는 처음에 수녀님이 '노오-티'라고 하시면 그건 잘못했다는 책망의 말인 것 같은데 무슨 뜻인지는 모르겠고, 수녀님 얼굴이 얼마큼 빨개지시는 것에 따라서 얼마만큼 화가 나셨으며 내가 얼마나 중한 죄를 저질렀는지 가늠해야 했음을 이제야 알려 드립니다.

까만색 수도복 옆 주머니에서는 온갖 물건들이 나왔지요. 흥흥 큰 소리 내며 코를 푸실 때 쓰시던 흰 손수건, 지우개, 접을 수 있는 작은 가위, 서너 자루의 연필들이 나오곤 했는데, 어찌나 짧은지 깍지를 끼우지 않으면 쥘 수도 없는 몽당연필들이었지요. 저희들의 스펠링 시험용지는 언제나 쓰다가 남은 프린트 유인물의 이면지였고, 그것도 영어단어 하나를 쓸 만한 너비에 이름과 스무 개 단어를 쓸 수 있는 길이의 종이 크기였던 것이, 제가 가르치던 학생들에게 새하얀 사절지

시드니 킨코팔 성심학교

를 답안지로 나누어 줄 때마다 저를 부끄럽게 만들었습니다. 물건을 꼭 필요한 만큼만 아껴 쓰는 자세와 습관을 몸소 실천하시던 수녀님의 모습을 어떻게 잊겠습니까?"

땅속에서 내가 드린 말씀을 듣고, 당신도 잊고 있던 지난날의 자신의 모습을 돌아보며 미소 지으시는 것 같았다. 언제나 궂은일이 있는 곳에서 긴 수도복 베일을 질끈 묶고 일하시던 수녀님. 그분은 이미 이 세상을 떠났어도 그분의 가르침은 무덤 앞에 서 있는 내 마음속에 아직도 생생히 살아 있다.

우리는 누구나 마음속에 잊지 못할 사람을 갖고 있을 것이다. 설령 그들이 나를 모른다 해도, 실제로 함께 살았던 사람이 아니라 해도 존경하는 사람들, 좋아하는 작가들, 감명 깊었던 영화 속 주인공들까지 우리 마음속에는 인상 깊었던 사람들이 살고 있다. 우리들 각자의 삶은 활시위를 떠난 화살처럼 바람에 날려 어딘가에 머물게 된 씨앗처럼 우리를 좋아했던 사람들의 삶 속에서 자라고, 기억되며, 영향을 미치게 되는 것이 아닐는지.

어쩌면 이것이 진정한 의미의 더불어서 함께 사는 우리들 삶의 모습이고, 그래서 한 사람의 백 년도 못 되는 일생이 다른 사람들의 삶 속에 물여울처럼 퍼져 가면서 그들의 삶 안에서 다시 살아지는 것이라 여겨진다. 이렇게 내 마음속 루이스 수녀님처럼. 나도 누군가에게 잊을 수 없는 사람으로 기억될 수 있을지 생각해 본다.

새, 엄마
그리고 해변의 카프카

- 태즈메이니아 반부글 해변에서 -

해변에는 파도가 밀려오고 하늘에는 하얀 구름이 파도의 모습으로 떠 있었다. 반부글 해변 산책길에 이어폰을 통해서 노래가 흐른다. “저 바람은 한숨 되고 햇살은 눈 시리죠. 이 세상 모든 움직임이 그대는 떠났다고 하네요.”

어디선가 새 한 마리가 갑자기 날아와 내 곁을 휘감아 돌고 날아간다. 손에 닿을 듯 가까이 엄마가 오셨다 가신 것 같은 느낌이다. 해변으로 다가왔던 파도가 다시 바다로 돌아가며 햇살 따라 빛나는 물길이 생겼다. 이 길로 다시 오겠다는 엄마의 약속처럼 반짝인다.

내 곁을 스치듯이 날던 갈매기로 만났던 엄마의 체취가 생생해서 예약된 테이블에 앉으면서도 예약 표지판을 치울 수가 없었다. 조금만 더 기다리면 엄마가 오셔서 함께 앉아 식사를 하실 것만 같았다. 빈

의자로 자꾸 눈이 갔지만 엄마는 오시지 않았다. 아니, 어쩌면 이미 나와 함께 앉으셨을지도 모른다.

좀 전에 엄마의 영혼과 마주친 해변의 체험이 언젠가 읽었던 소설 『해변의 카프카』를 연상케 했다. 이 소설에서 "내가 여기서 본 것은 그녀의 유령이었다… 하지만 이 만남은 말로는 설명할 수 없을 만큼 아주 강하게 느껴져서 그 소녀는 현실의 존재가 아닐지도 모르지만 내 가슴속에서 강하게 고동치고 있는 것은 나의 현실의 심장이다."고 무

라카미 하루키는 썼다. "그녀는 다시 돌아올지도 모른다. 나는 그렇게 생각한다. 아니, 돌아와 주었으면 하고 바란다. 그러나 아무리 기다려도 소녀는 돌아오지 않는다."고 했다. 아마도 그날 나의 이해하기 어려웠던 상황을 이보다 더 잘 표현할 수는 없다고 느낀다.

어머니와는 늘 떨어져서 살았다. 결혼하고 곧바로 남편을 따라 시작된 외국 생활이 사십 년 넘게 이어지는 동안 어머니는 저세상으로 떠나가셨다. 어머니는 지금 유령처럼 나와 함께 살고 계시다. 반부글

해변에서 스쳐 가던 새로 마주쳤던 어머니. 우리는 이런 강렬한 만남의 감성적 체험으로 두 다른 현실의 세계에서 사랑하는 사람들과 더불어 살 수 있다고 믿게 되었다.

만남의 장소가 왜 하필 해변이었을까? 오고 가는 물길이 빛나는 곳, 현실과 과거, 미래가 섞이고 다시 시작하며 현실로 돌아가는 곳, 그 경계의 접점에서 의식과 무의식을 넘나들며 참으로 내 안에 현존하는 실체를 찾을 수 있기 때문이었을까? 정말로 소설처럼 이승과 저승 양쪽에 속할 수 있는 곳이 해변이기 때문이었을지 모른다.

"부조리의 파도가 밀려오는 해변을 방황하고 있는 외톨이인 영혼"으로 '카프카'라는 이름을 가져온 하루키는 프란츠 카프카의 작품에서 보여 준 경계 지대에 서 있는 고독과 불안의 심리를 그리고 싶었는지 모른다. 어머니와 마주친 순간의 내가 '카프카'였을까? 나만 '카프카'인 것일까? 어쩌면 우리는 각자의 일에 몰두해서 하루를 살고, 일이 끝난 시간에 서로의 안부를 확인하고 그리웠던 눈빛을 교환한다면 이것 역시 접점 시간과 공간에서 다시 의식하게 되는 '사랑의 실체'가 아닐까?

요즈음 TV 드라마에서 자주 등장하는 현실과 전생, 잊어버린 과거의 기억이라는 장치를 통해 사랑을 표현하는 방법도 어쩌면 반부글 해변에서 돌아가신 어머니의 영혼과 만났던 나의 체험 같은 이야기일지 모른다. 그 갈매기는 그날 나에게는 어머니였고, 누군가에게는 헤어

진 연인일 수도 있지 않을까?

나는 카프카처럼 나의 일상을 벗어던진 채 내부로 여행을 하다가, 현실 세계에서 사라진 후 무의식 속에서 늘 찾고 있던 어머니와 마주친 것이다. 논리적으로 설명할 수는 없지만 강렬한 감성적 체험은 그 자체가 현실과 가상적 현실을 넘나들며 경계선에서 실제로 존재하는 상황이 되는 것이리라.

우리는 어쩌면 바로 이런 강렬한 체험을 꿈꾸며 여행도 하고 글도 쓰는 것이라는 생각이 들었다. 만났던 새는, 내가 어머니임에 틀림없다고 느낀다면, 세상 사람들 모두가 그저 한 마리 새였을 뿐이라고 여

겨도 상관없지 싶다. 영혼으로 함께 존재하는 더불어 있음이 사랑이라고 여기며 바닷가에서, 숲에서, 들판에서, 이 세상 자연 속에서 사랑의 실존을 체험하고 싶은 인간들의 희망이 되돌아가는 파도 위에 빛났다.

새 시대의 유목민

– 딸 아그네스의 블로그 'nomadonline.blog' –

"엄마, 나 유목민(Nomad)이라는 공식 블로그를 만들어서 글을 쓰기 시작했어." 전화기 너머로 또랑또랑한 목소리가 들려왔다. 한국인 부모의 맏딸로 일본에서 태어나서 인도네시아와 싱가포르에서 유년기를 보내고 호주에서 정규 학교 교육을 받은 우리 딸 아그네스는 사십 대 초반의 엄마가 되었다. 어렸을 때부터 글쓰기를 즐겨 했었고 지금은 난민 문제 해결을 위해 집 없는 사람들과 이민자들의 정착을 돕는 한 자선 단체에서 글도 쓰고 미디어에 홍보하는 일도 하고 있다.

업무에 열심인 딸아이는 왜 자기 블로그에 '유목민'이라는 이름을 붙였을까? 가축을 방목하기 위해 목초지를 찾아다니며 좀 더 살기 좋은 장소로 이동 생활을 하던 원래의 유목민의 개념에 프랑스의 철학자 들뢰즈는 특정한 삶의 가치관이나 생활 방식에 얽매이지 않고 끊임없이 새로운 자아를 찾아가는 현대인의 모습을 '노마디즘'이라는 개념으로 발전시켰다.

거기에서 한 발 더 나아가 시간적 · 공간적 제약으로부터 자유로울 수 있는 디지털 시스템을 이용할 경우 '디지털 노마드'라고 하는데 딸아이가 바로 인터넷의 블로그에 글을 쓴다니 제대로 현시대의 디지털 노마드 작가인 셈이다.

"찌는 듯 무더운 여름날, 나는 시드니 서쪽 지역 난민들이 많이 정착해 살고 있는 곳으로 일하러 갔다. 자동차에서 내리는데 동쪽 부촌 지역 해변에서 빈부의 차별 없이 불어오는 서늘한 바람이 느껴졌다. 바로 그때 발밑에서 두 커다란 돌 틈바귀에 자리를 잡고 살아남으려고 애쓰는 풀 한 포기를 발견했다."

이 짧은 글과 사진을 보는 순간 딸아이가 자신의 블로그에 왜 유목민이라는 이름을 붙였는지 어렴풋이 공감할 수 있었다. 블로그에 올린 풀 포기 사진에는 자신의 정체성을 찾아 헤매던 끝에 두 개의 돌 틈에서 자기의 자리를 찾은 기쁨이 가득해 보였다.

특히 경제적 상황과 문화적 배경이 매우 다른 점이 부각되는 상충 지점에 자리를 잡았다는 상징성을 인식하는 딸의 모습에서 한때 힘들었던 정체성의 방황에 대한 연민의 정도 느껴졌다. 역설적으로 유목민은 떠돌이 생활을 하는 사람들이 아니라, 서로 다른 문화 속에서 자신의 싱싱한 생명을 활짝 피우려고 노력하는 사람들이 아닐까?

푸른 풀은 들여다볼수록 대견스럽고, 잘 뻗어 갈 것 같은 믿음과 기대가 가득했다. 어느 누구에게만 속하지 않고 모두에게 주어진 땅을 자유롭게 돌아다니며 삶의 터전을 마련하던 원래의 유목민에 비하면 임의로 그어진 국경선으로 국가들이 나누어진 지금은 비자도 필요하고, 정치적으로 오고 갈 수 있는 장소도 제한되고, 때로는 전쟁이나 자연 재해로 인해 삶의 터전을 옮겨야 하는 경우도 종종 있는 세상이 되었다. 그럼에도 여행, 연수, 파견근무, 이민 등 세상을 돌아다니며 지내고 있는 우리는 어쩌면 있는 그대로의 자신의 모습으로 행복하게 살 수 있는 곳을 찾고 있는 새 시대의 유목민이라는 생각이 든다.

하지만 흥미로운 것은 뿌리를 내린 곳은 정해진 형상이나 규범이 돌처럼 단단하고 배타성을 지닌 정주민적 사고의 영역이 아니라 고정관념과 위계질서로부터 해방된 돌과 돌의 틈새, 유목민적 사유의 영역이었다. 장소는 틈새로 제한되어 있지만 사유는 무한하게 뻗어 나갈 수 있는 곳에 자리 잡은 것이다. 이러한 '탈영토화의 형식으로 출현하는 노마드의 존재들은 해묵은 정주민의 삶에 새로운 가치와 규범을 도입하는 창조의 사건이 되기도 한다.'고 들뢰즈는 말했다.

이번 미스 유니버스에 출전하는 미스 오스트레일리아는 중국인 아

버지와 이탈리아, 아일랜드 혼혈 어머니 사이에서 태어난 사람이었다. 전통적으로 푸른 눈의 금발을 선호하던 백호주의 정주민의 미적 감각에 변화를 가져온 예가 아닐까?

『이어령의 80초 생각 나누기』 시리즈 책에서도 '80'의 '8'을 옆으로 눕히면 무한대의 기호이고, 안이 겉이 되고 겉이 안이 되는 뫼비우스의 띠(Mobius Strip)가 된다고 설명하면서 안과 바깥이라는 완고한 이항 대립을 넘어서서, 옳고 그른 흑백의 논리가 아니라 생각하며 답을 찾아가는, 따라가다 보면 반대편에 서게 되고 다시 제자리로 되돌아오게 되는 맞물려진 끈의 논리가 새 세대의 사고방식이라고 했다. 역시 유목민 같은 사고방식으로 자신의 정체성을 찾아가려는 '나의 외침이 아이스크림(I scream, ice cream)처럼 달달하게 다가오는 것'이라는 이어령 작가의 말이 앞으로의 세태를 말한 것이라고 공감한다.

이 지구상에 태어난 인간들은 다 자연의 일부이고, 누구나 어느 곳이고 자신의 뿌리를 내리고 살아갈 권리가 있는 것이라고 여기며, 딸의 블로그 '유목민'이 살 곳을 찾으려는 난민들에게, 그리고 정체성을 찾으려는 사람들에게 공감을 주고 힘과 용기가 되어 주기를 기대한다.

유목민처럼 부모를 따라 여러 나라를 옮겨 다니며 성장한 딸과 호주인 아버지와 한국인 어머니 사이에서 태어나서, 두 나라의 서로 다른 문화의 틈새에 자신의 뿌리를 내리고 커 가는 손자 토마스 준이가 바로 유목민의 사유지대에서 싱싱하게 자라고 있는 생명처럼 느껴졌다.

호바트에 가져온 서울

– 샌디 베이에서 더원트강을 내려다보며 –

창문을 가득 메운 더원트강이 빛과 바람에 따라서 달라지는 모습을 내려다보면서 살고 있다. 새도 오고, 토끼도 오고, 멀리서 살고 있는 아이들에게서 전화도 온다. 서울에서 태어나고 자란 내가 호바트에 있는 이 집에서 산 지는 30년 가까이 된다.

여기에는 우리 아이들이 자라고 시부모님과 부모님이 여러 차례 다녀가셨던 추억들이 있고, 처음에는 생소했던 주변 사람들의 이름이 하나둘 내 가슴 안으로 들어와서 이제는 서로 가족들의 대소사와 희로애락을 함께 나누는 친구들이 된 세월의 흔적들이 담겨 있다. 점차로 좋아하는 화가들의 그림도 벽에 채워지고, 여행길에 사 가지고 온 자그마한 장식품들도 제법 늘었다. 집 안 여기저기를 둘러보아도 곳곳에 우리 삶의 역사와 이야기가 묻어 있다.

가끔 부모님을 뵈러 한국을 갈 때면 서울은 여전히 또 하나의 내 집처럼 편안했는데, 웬일인지 어머니가 돌아가신 후에는 낯설고, 형제들도 친구들도 모두 '서울'이라는 영화의 한 세트 속에 존재하는 사람들처럼 느껴졌다. 현재에서 역사 속으로 페이지가 넘겨진 사건 상황처럼 나에게 서울은 추억의 장소로 변했다.

비로소 '고향'이라는 말이 입가에 맴돌며 나는 고향을 떠나왔다는 '이민'의 의미가 가슴에 와 닿는다. 이민이란 어느 날 훌쩍 떠나서 열 시간 비행기 타고 가는 것이 아니라, 고향을 떠나서 외국에서 사는 동안 조금씩 서서히 자신이 살고 있는 곳으로 스며들어 가는 것이라는 생각이 든다. 나는 떠나왔지만 나를 늘 가슴에 품고 사셨던 어머니 때문에, 해외 어디서 살았든지 나는 사십 년 동안의 반은 서울에서 어머니 가슴속에서 살았던 것 같다. 이제 어머니는 아무래도 육신을 벗어나셔서 자유로워진 참에, 서울을 온통 싸서 들고 내가 지금 살고 있는 집으로 이사를 오신 것 같다. 워낙 조용한 것을 좋아하시던 분이라, 강이 보이는 이 집을 매우 좋아하신다.

적막할 때는 예전처럼 웃으시며 꽃꽂이를 하신다. 내가 꽂는 꽃은 너무 요란스럽다고 간결하게 꽃가지를 다듬어 주시던 분이 요즈음은 그런대로 따뜻해 보여서 좋다고 하시는 것을 보면, 이젠 걱정거리들을 내려놓고 편안해지신 것 같다. 나도 자주 찾아뵙지 못해 죄송스럽던 자책에서 벗어나서, 자주 가야만 한다고 느끼던 서울이 그냥 가고 싶은 곳으로 바뀌었다. 어머니와 함께 지난 이야기도 하고, 좋아했던 사람들 이야기도 한다. 그때에 줄줄이 떠오르는 사람들 모두 함께 이 집에 산다. 이렇게 그리운 사람들을 만날 수 있는 곳이 바로 '고향'이라는 생각이 든다.

길들이 그 끝에 다다르면 새로운 길로 연결되듯이 나의 고향은 서울에서 지금 살고 있는 이 집으로 옮겨진 느낌이다. 정원이나 베란다에 있는 꽃들을 잘 가꾸시던 엄마에게 '나는 엄마를 안 닮았나 봐' 하면서, 바쁘다는 핑계로 방치해 두었던 정원을 가꾸기 시작한 것도 아마 그리움의 의미를 이해하게 되었기 때문인지 모른다. 몇 년 전에는 집 뒤뜰에 무궁화도 심고 감나무도 심었다. 무궁화 꽃이 뒤뜰에 피어 있으면 마음에 위안이 될 듯싶고, 어릴 적에 보았던 늦가을 파아란 하늘에 매달려 있던 까치밥 홍시를 보고 싶었기 때문이다. 심은 지 한 일주일쯤 지났는데 어린 무궁화 묘목 줄기가 다 벗겨져 있었다. 뿌리에서 올라가는 몸통 줄기에 심하게 상처가 난 것이다.

묘목을 사 가지고 온 화원에 가서 물어보았더니 포섬이 갉아먹었을 것이라면서 약을 상처 난 줄기에 바르고 주변에 뿌려 주면 야생 동물들이 싫어하는 냄새이기 때문에 덜 괴롭힐 것이라고 했다. 약도 바르고, 묘목에 빙 둘러서 철망도 쳐 주고, 나무가 받는 스트레스 해소에 도움

서울을 가져온 샌디베이(Sandy Bay)

이 된다는 용액도 뿌려 주면서 정성을 들였다. 함께 심은 다른 과일 나무들은 의외로 수월하게 자리잡는 것을 보면서 같은 장소에 심어도 묘목에 따라서 적응하는 모습이 다르다는 것을 알 수 있었다. 그곳에서 태어난 재래종보다 어쩌면 더 공을 들여야 할지 모르지만 서서히 자리잡아 가고 있어 점점 더 고향을 연상시키는 정원이 되어 갈 것 같다.

삶은 그 자체가 움직이고 변화하는 생명체 같아서, 나의 마음가짐에 따라서 변해 가고, 우리는 언제나 할 수 있는 일들을 하면서 사는 것일 게다. 나는 아직도 하고 싶은 일들이 많고, 해야만 하고 또한 할 수 있다고 마음을 다진다. 책도 읽고, 글도 써 보고, 자연을 느끼고,

생각하고, 음악 듣고, 감사드리고, 기도하고, 사랑하면서, 마지막 이 세상과의 이별이 아름다울 수 있도록 준비하며 살고 싶다.

이 세상에 두고 가는 주변 사람들이 그리움으로 나를 기억해 주고 내가 태어난 한국에 대해 항상 친밀감을 가져 주면 좋겠다. 그리고 내가 사는 모습이 배어 있는 이 집이 어느 날 아이들 고향이 되어서 그들 마음에 자리 잡게 되기를 바라지만, 그것은 역시 그들의 삶이고 선택이 될 것이라고 여긴다.

연못에 담긴 회상

– 태즈메이니아 '톨 팀버스'의 정원에서 –

톨 팀버스의 정원에는 거울처럼 맑은 연못에 투영된 숲 그림자가 미풍에 일렁이고 있다.

집에서부터 여섯 시간 차를 몰아 도착한 모텔의 이름이 '톨 팀버스(Tall Timbers)'이다. 오래전부터 이 지역에는 높다랗게 키가 큰 나무들이 울창한 숲을 이루고 있는 것을 볼 수 있다. 붉은 저녁노을이 스러지고 밤이 되니 유리창이 깨질 듯이 덜커덩거리며 무섭게 세찬 바람이 불었는데, 다음 날 아침이 되니 언제 그랬냐는 듯이 평온해지고 연못의 수면은 처음 보았을 때보다도 더욱 조용하다.

바람이 거센 순간에는 잠잠해질 수 있다고 예상하지 못하고, 삶이 한참 힘들 때에는 그 어려움이 지나간다고 믿기 어려운데 실제로 밤은 이렇게 아침과 연결되어 바뀌고 있다. 시간이 정지된 듯 잔잔한 수면 위에는 햇살이 머물고 반사된 숲의 모습은 곁에 있는 실제 숲보다 더욱 선명하다. 물고기들이 만드는 작은 동그라미 파문과 오리가 끌고 가는 물결이 수면 위에 무늬를 놓는다. 연못에 비친 나무들은 마치도 깊이 뿌리를 내린 듯이 꿈쩍도 하지 않고, 연못은 바닥도 보이지 않는다.

마음이 빨려 들어가며 눈을 뗄 수가 없다. 깊이 더 깊이 들여다보는데, 잠시 내 얼굴이 수면에 머물다가 몇 발자국 물러서면 사라진다. 주변에 있는 모든 사물들이 연못에서 어우러져 또 하나의 우주를 이루

고 있는 듯하다.

포리스트 카터(Forrest Carter)의 자전적 소설 『내 영혼이 따뜻했던 날들』로 번역된 '작은 나무의 교육(The Education of Little Tree)'에는 '작은 나무'라는 이름의 인디언 소년이 대자연의 일부로 바람, 나무, 동물 등 우주의 모든 것들과 교감을 나누고 지혜를 주고받으며 커 가는 모습이 자세히 그려져 있다.

설사 폭풍을 겪으며 가지가 부러졌다고 해도 생명은 엄청난 회복의 의지로 살아남고, 홍수나 산불에 휩쓸렸던 시간이 지나면 모든 것은 원상으로 되돌아간다는 평범한 사실을 깨우치게 되었을 것이고 이렇

게 삶과 죽음의 연결 고리와 자연의 오묘한 이치를 깨달은 작은 나무들은 분명 '큰 나무들'이 되었을 것이다.

소설을 읽으며 내게 인상적이었던 것은 죽음을 삶과 연결된 생의 한 부분으로 여기며, 때가 되면 사람들은 자연스럽게 몸을 벗어나 영혼으로 전환하는 것이라고 한 점이다. 그래서 죽은 사람들은 무덤에서 겨울바람을 견디다가 봄이 오면 강인한 봄꽃으로 다시 태어난다고 한다. 밤과 아침, 삶과 죽음, 젊음과 죽음으로 향하는 노년의 연결 고리를 느끼는 순간이다.

지나온 발자취로서 비추어진 우리의 삶도 어쩌면 저 연못에 담겨 있

는 모습처럼 실제 살아온 삶보다 더 명료하게 남아 있는 것이 아닐까? 그 당시에는 사느라 바빠서 간과했던 점들도 보이고, 대강 인연이 다 한 것은 떠나가고 생생하게 피 흘렸던 아픔은 엷어져서 편안하게 역사를 담고 머무른다.

이미 지나온 삶의 흔적을 바꿀 수는 없지만 포용하는 마음의 연못 안에서 사물들은 편안하고 아름답다. 밤새 불던 비바람은 아침을 더욱 고요하게 느끼게 하고, 어려움을 겪었던 삶은 평온한 노년에 더 큰 감사의 마음을 갖게 하는 것 같다.

내 얼굴이 비치는 연못에서 지나온 나의 삶을 물 위의 오리가 헤엄

치듯 회상해 본다. 머지않아 알에서 깨어나 우리들의 다음 생명으로 이어질 것을 믿으니 죽음이 두렵지 않다. 나도 이제 큰 나무가 되었나 보다.

삶에서 누리는
더 큰 선물

– 호주에서 잃어버린 브로치를 찾다가 –

외출에서 돌아와서 코트를 벗는데 아침에 달고 나갔던 브로치가 보이지 않았다. 분명히 코트 앞깃에 잘 어울린다고 생각하며 거울에 비춰 보기까지 하고 나갔었는데 도대체 어디에다 떨구었을까?

당황한 마음으로 허겁지겁 떨어뜨렸을 만한 곳을 찾아 나섰다. 급히 차를 몰고 조금 전에 주차했던 곳으로 갔다. 그사이 차들이 많이 돌아가서 한가했지만 혹시 차를 타고 내리다 떨구었을지도 모른다는 생각에 주차했던 곳까지 올라가 보았다. 그리고는 걸어 다녔던 길을 되짚어서 걸으며 떨어졌을 만한 장소를 찾아서 식당으로, 책방으로 가서 주인들에게 누가 주웠다고 가져온 브로치가 없느냐고 물어보았다.

물론 쉽게 찾을 수 없으리라 생각했으면서도 한 곳 한 곳 허탕을 치면서 점점 맥이 빠졌다. 아끼던 브로치 모습이 눈에 아른거리고 가슴

마저 저려 왔다. 하지만 결국 단념할 수밖에 없었다. 많이 서운한 마음으로 남편에게 전화를 했다. 아무런 도움이 되지 않는다는 것을 알면서도 전화로라도 그 사실을 알리고 싶었기 때문이었다.

내 울먹이는 듯한 서운한 목소리를 느꼈는지 오늘따라 유난히 커다란 목소리의 대답이 전화기 속에서 들려왔다. "그건 물건일 뿐이요. 머지않아 우리도 서로를 잃어버리게 될 거요. 다 버리고 갈 텐데 뭘 그래?" 하면서 껄껄 웃기까지 한다. 정신이 번쩍 들었다.

잃어버린 브로치는 어머니가 돌아가셨을 때 남편이 사 주었던 위로의 선물이었다. 어머니의 장례식을 치르고 조의를 표해 준 호주 지인들에게 감사의 뜻을 전해야 한다고 여겨서 인사동으로 민예품 선물을 사러 갔었다. 마음은 허전하고 정신 집중도 할 수 없어서 열에 들뜬 듯 거리를 돌았었다. 벌써 팔 년 전 일이다.

그때 문득 지나치던 가게 진열장에 있는 브로치 하나가 눈에 들어왔다. 순간 은으로 만든 구름 형태의 틀 뒤에서 빛나는 붉은색 작은 돌이 마치도 산 너머 구름 뒤로 가 버리신 어머니의 영혼처럼 느껴졌다. 나도 모르게 눈물이 주르르 흘렀고 옆에서 묵묵히 함께 걷던 남편이 왜 그러느냐고 물었다. 내 설명을 들은 남편이 가게 안으로 들어가더니 바로 사 가지고 나와서 내 손에 쥐어 주었고, 나는 어머니의 영혼

어머니의 사랑은 평생 내게 등대로 머무는 선물이다

처럼 그것을 가슴에 달고 다녔다.

어쩌다가 늘 별일 없이 잘 달고 다니던 브로치가 떨어졌을까? 돌아오는 차 안에서 별별 생각이 다 들었다. 노년에는 보시를 많이 하고 복을 지어야 한다고 했는데, 내가 제대로 실천을 못하고 있으니 브로치로 머무시던 어머니가 내 옷깃에서 떨어지심으로써 내가 깨달을 수 있도록 해 주셨나 보다고 결론을 내리고 나니 마음이 조금 편해졌다.

한평생 나를 가르치시던 어머니가 아직도 내 마음속에서 나를 일깨워 주시니 나는 정말로 잃은 건 없지 싶어졌다. 나를 위해 기도하는 마음으로 등불을 밝혀 내 길을 인도하신 어머니의 가르침은 내가 잃어

버리지 않았고, 누구도 가져갈 수 없는, 내게 가장 소중한 선물이다.

내 브로치를 발견한 사람이 기쁘게 사용하기를 바라는 마음이 되었다. 누가 그것을 주웠을까? 비록 모르는 사람이지만 누구라도 상관없이 내가 주는 선물이라고 생각했다. 만약 그 사람이 별로 좋아하지 않으면 누군가 좋아하는 사람에게 줄 수도 있을 테니까….

태즈메이니아 살라만카에서 매주 토요일에 열리는 벼룩시장에는 쓰던 물건들을 아주 싼값에 파는 사람들이 있다. 나에게 별로 쓸모가 없어진 물건들을 필요한 사람들이 가져다 쓰라는 정신이다. 이 모습과는 달리 꼭 자손들에게, 내가 좋아하는 사람들에게만 선물을 한다면 아직 이기적인 삶을 놓지 못한 미숙한 모습일지 모른다.

나와 다른 신분의 사람이라서, 내가 잘 모르는 사람이라서 어떻게 살든지 상관이 없다고 생각하지 않고, 주변의 모든 사람들이 인간답게 살 수 있어야 한다고 생각하는 호주 사람들의 삶의 자세에 서서히 물들어 가고 있다. 자신의 가족만을 생각하던 이기적이고 여유가 없었던 젊은 날의 나에게, 누구나 필요한 사람들에게 베풀며 살아가는 생활 태도를 삼십 년 세월 동안 조금씩 가르쳐 주고 있는 호주의 선물이라고 생각한다.

어느새 치매를 두려워하는 나이가 되었고, 건강을 지키기 위한 노력을 해야만 그 나름대로 유지할 수 있게 되었다. 요즈음은 친구들과 모여 앉으면 "머리 어깨 무릎 발" 하면서 어렸을 적에 부르던 노래를 부르듯이 돌아가며 불편함을 호소하고 있다.

치매 예방에는 취미 생활을 열심히 하는 것이 좋다거나, 걸을 때는 발뒤꿈치에서 엄지발가락 끝으로 체중 이동을 해야 한다거나, 채소와 견과류를 먹는 것이 몸에 좋다는 등 일반적 상식들을 서로 알려 주고 있다. 정보 자체보다도 서로 챙기는 동료 의식이 좋다. 우정으로 주고받는 보살핌이 바로 선물이라고 여긴다.

우리가 이 세상에서 떠날 때 가져갈 수 있는 물질은 아무것도 없고, 살면서 주고받은 사랑이 우리에게 남겨진 기억 속에 잠시 그림자처럼 머물다가 그도 죽음과 함께 떠나지 싶다. 이 그림자 같이 머무는 사랑은 선물이 아닐까? 어차피 무상으로 받은 사랑의 선물을 모두와 나누는 것은 당연한 일이라는 마음이 들었고, 잃어버린 브로치보다 훨씬 많은 선물 속에 살고 있는 자신을 보게 되었다.

산사의 소리와 색채

– 해인산 템플 스테이 & 팔공산 동화사 –

내가 부처님의 말씀에 관심을 갖게 된 것은 최근의 일이다. 세상 만물과 모든 현상이 단지 하나의 개체로만 존재하는 게 아니라 서로 유기적 연관 관계를 갖고 있다고 느끼게 되면서부터였다. 언젠가 가야산 자락에 있는 화엄종 사찰 해인사에서 템플 스테이를 한 적이 있다. 부처를 신으로 섬기는 일보다 부처의 가르침을 전하는 것을 더 중요하게 여긴다고 하기에 대장경판을 소장하고 있는 해인사를 택한 것이다.

새벽 세 시에 만물을 깨우고 해탈을 비는 예식으로 하루가 시작되었다. 싸늘한 바람을 맞으며 묵언합장으로 범종루를 향해 걸었다. 불상 앞에 독대하고 앉은 스님의 독경과 목탁 소리가 낭랑하게 들린다.

법고 소리가 박진감 있게 울리는 삶의 소리처럼 공기를 헤집고 마음 속으로 파고든다. 언제든지 엄습해 올 수 있는 불행에 대한 막연한 불

안감인 것 같기도 하고, 비틀거리는 마음을 되잡고 수도에 집중하려는 승려의 번뇌같이도 느껴졌다. 세상사의 욕망에 등을 돌린 채로 빠르게 느리게 크게 작게 두드리는 법고 장단에는 희열과 비애이든지 연민과 분노이거나 사랑과 증오처럼 증폭된 감정의 변화들이 배어 있었다.

이어서 범종의 은은하고 웅장한 소리가 마치도 격한 마음들을 어르고 달래려는 듯이 부드럽고 깊게 허공 속으로 퍼진다. 현란했던 감정의 소용돌이가 조용히 가라앉은 후에는 안개가 걷히는 소리인 듯도 하고 소슬한 바람 소리인 듯도 한 작고 미묘한 소리들이 들렸다. 물이 바위 위로 떨어지는 소리랑 계곡을 빠르게 흐르는 소리도 들리고, 산

짐승 움직이는 소리가 나뭇가지 부러지는 소리와 함께 섞여서 마치도 자연의 교향곡처럼 들려왔다.

힘찬 법고의 울림은 세상의 아주 미세한 소리까지도 들을 수 있게 해 주었다. 아마도 새벽 법고는 이렇게 깨어남으로써 이웃의 소리를 주의 깊게 잘 들으라는 상징적 의미가 있나 보다. 축생들과 풀포기까지 온 우주를 공명하며 퍼지는 산사의 소리를 듣는다.

얼마 전 여행길에는 친구와 함께 팔공산 동화사를 찾아갔다. 마침 다음 주말이 초파일이라 절 입구부터 연등이 가득 달려 있었다. 인간의 수없이 많고 다양한 소망들이 색색의 등으로 형상화되어 있어 뭇

중생들의 세상이 고통보다는 소망과 기원으로 가득 찬 것 같았다.

때마침 보문암 지호 스님의 '글씨로 그린 사경 부처님'이라는 전시회를 관람할 수 있었다. 어떻게 이처럼 세밀하고 작은 글씨 경문과 부처의 이름들로 그림을 만들며 한 치의 실수도 없는지 경이로웠다. 글자 하나하나의 음영으로 부처의 모습을 짓고 있는 스님은 잡념을 떨치고 수행과 참선에 몰두하기 위한 한 방법으로 작품 활동을 시작했다고 한다. 내가 없어야 부처의 모습을 마주할 수 있다는 그는 작품 속 부처와 너무도 닮았다.

매일 열 시간 이상 작업에 몰두해서 두 달에 걸쳐 완성했다는 〈칼라차크라 만다라〉 작품도 보았다. '칼라차크라'란 티베트 고승들이 사용하던 초기 불교 시대 부처의 또 다른 명칭이고 '만다라'는 부처님의 법을 한 장의 형상으로 표현한 삼라만상의 모습으로, 영원한 시간의 수레바퀴로 맞물려 있음을 나타낸다고 한다. 이 세상 만물은 어느 하나도 무의미한 것이 없고, 각기 고유의 존재 의미를 지니면서 상호 연관성을 갖는다는 삼천대천세계가 만다라의 몇 겹 둥근 원 안에 삼원색과 흑백 그리고 녹색의 색채들이 크기가 다른 사각형으로 표현되어 있다.

나는 이 그림의 깊은 뜻은 잘 모르지만 십여 년 전에 태즈메이니아에서 티베트 승려들이 며칠 동안 혼신의 힘을 다해 채색 모래를 한 알 한 알 뿌려서 바로 이 그림을 완성하는 것을 본 적이 있다. 그때 그림에 마지막 모래알이 채워지는 순간 두 손으로 흩트려서 완성된 그림을 다 지운 후, 비로 쓸어 담아 강물에 띄워 보내는 예식을 보았던 충격적인 기억이 새롭다. 승려들이 쓸어 담은 모래알들을 강물에 버리는

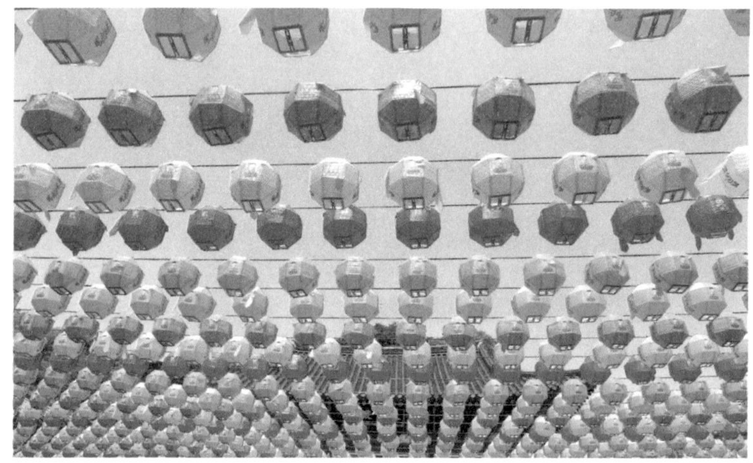

모습에서 삶은 과정일 뿐이고 죽음을 통해서 영원의 강물에 합쳐지는 삶과 그 화려한 색채의 그림을 그리기 위해 들이던 정성이 불교의 가르침이라고 느꼈다.

산사의 단청도 만다라 불화와 연등들도 모두 화려한 색채를 띠고 있지만 결국 끝에는 무(無)로 돌아가는 색의 세계를 보여 준다고 한다. 형형색색의 빛이 가르침 속으로 사라진다. 목탁과 법고 소리로 깨어날 때 우리는 어디에서 와서 어디로 가는 것인지, 또한 어디에 머물고 있는 것인지 알 수 있을까? 산사의 소리와 색채는 허공으로 퍼지며 깨달음을 향한 기다림으로 이어진다.

Part 3

자연의 은혜

매일 해는 뜨고 지고, 산은 늘 그곳에 있었다. 그렇게 있던 산과 나무와 태양이 어느 순간 내 영혼을 채우고 나를 압도했다. 나는 아무것도 바라지 않는 인간의 모습으로 자연 속에 머물렀다. 그 자연의 모습은, 나를 신에게 인도하는 은혜였다.

빛과 모습 그리고 태즈메이니아

– 땅끝 마을(Edge of the World)에서 호바트까지: 태즈메이니아 소개 –

호주 최남단에 있는 섬 태즈메이니아는 원래는 호주 본토와 연결되어 있던 대륙이었으나 약 3만 년 전에 해수면의 상승으로 분리되어 섬이 되었다. 한국 제주도의 34배 되는 면적을 가진 이 섬에는 51만 명의 인구가 살고 있으며 호주의 일곱 개 주 중 하나로 주도는 호바트이다. 1642년 네덜란드 탐험가 아벨 타스만(Able Tasman)이 발견했고 1772년 프랑스 탐험가 프레스네가 처음으로 섬에 상륙했지만 오랫동안 잊힌 섬이었다가 1803년 영국이 정착지를 건설하고 죄수들과 군대 감시인들을 이송해서 건설했다. 주도 호바트에는 전체 섬 인구의 40% 가량이 거주하고 기후는 연평균 기온 12℃ 내외에 연교차가 10℃ 정도로 해양성기후를 띤다.

“ 태즈메이니아 어때요?” 하고 물으면 “맑고 깨끗한 물 같은 곳이에

유럽에서 긴 시간 항해 끝에 도착한 타스만 페닌슐라

요." 하고 삼십 년 이상 대답해 왔다. 특별한 맛은 없지만, 없으면 살아갈 수 없는 물. 모든 것을 씻어서 깨끗하게 정화시킬 수 있는 물. 늘 오고 가는 그 물길이 맑아서 해변의 모래마저 애기의 피부처럼 하얗게 보드라운 곳. 순한 해변에 하늘이 머물고, 있는 모습 그대로의 세상이 아름답게 비추이는 곳이라고 말한다. 때 묻지 않은 바람에 들려오는 소리 또한 공해가 없는 곳. 버티어 선 나무가 올곧은 선비처럼 거짓이 없고, 어린 펭귄이 걸음마를 연습하는 해변이 평화롭다.

태즈메이니아는 귀 기울이면 항시 바람 소리가 들리는 곳이다. '에지 오브 더 월드' 라는 섬의 북서쪽 땅끝 마을은 푸른 바람의 집. 굳건

한 어머니 같은 바위는 바람이 오고 갈 때마다 쩌렁쩌렁 큰 소리로 "잘 다녀와!"라고 인사한다. 긴 길을 바람을 타고 균형을 잡고, 혼자서 나는 연습을 하기에 아주 좋은 곳이다.

스탠리의 넛트 바위 아래 옹기종기 집들이 모여 있는 작은 마을에는

늘 자장가 같은 바람이 불고 있다. 낮에도 밤에도 바람은 스르르 물길을 쓸고 외로운 마음을 다독이며 성난 가슴을 잠재운다.

태즈메이니아는 햇빛이 가득한 들판이 아름다운 곳이다. 때로는 구름이 빛을 가려 포근하고 넓은 대지를 더욱 너그럽게 만드는 곳. 풀과

나무들이 자라고, 오래도록 늠름하게 버티어 선 유클립투스 나무가 긴 세월 항구하게 계절의 변화를 견디는 인내의 장소. 그래서 생명의 가치가 깃발처럼 우뚝 솟아 펄럭이는 곳이다.

흰 눈 덮인 산 아래 겨울 들판은 지난해의 묵은 털을 벗어 버린 양들의 추위를 덜어 주느라고 햇볕의 따스함을 부지런히 받아서 전달한다. 들판에서 양들은 풀을 뜯고 우리는 하얀 털이 무럭무럭 자라는 기적을 본다.

푸른 들판을 가로막는 먼 곳에 보이는 산과 바다가 소들의 보호 경계다. 평화롭게 산책하는 소들을 비추는 빛으로 우리는 황홀해지고, 나는 소처럼 행복한 숨을 쉬는 생명이 된다. 빛을 보고 모습을 느낀다는 것은 참으로 감사한 일이다.

야생화가 피어나는 들판에서 애인을 기다리는 말 한 마리. 그냥 그녀가 올 때까지 여기에 있을까? 아니면 숲에 숨어 있다가 그녀가 오면 꽃밭으로 나올까? 한번 멋지게 달리는 모습을 보여 줄까? 궁리하며 설레는 말이 낭만적이다.

태즈메이니아를 소개하는 사진 중에 가장 자주 등장하는 것은 아마도 도브호수에 비추인 크래들마운틴의 모습일 것이다. 빛으로 투영된 산 그림자는 마음에 또 다른 산의 실체를 남긴다. 이렇게 태즈메이니아는 자연과 명상하듯이 마음속에 비추인 자연을 다 함께 담아 갈 수 있는 곳이다.

태즈메이니아 강물은 조용하게 흐른다. 그래서 거울 같은 수면에는 산도 나무도 구름도 사진처럼 머문다. 매 순간 빛에 따라 달라지는 자연의 사진은 보는 사람들을 위해서 침묵하는 강물의 배려다. 내가 주고받는 이야기가 맑고 또렷하게 메아리로 들리는 강이 좋다.

종이배 같이 예쁜 배가 그림자를 달고 강물 위를 미끄러지며 떠간다. 배에 타고 있는 사람들은 가슴에 하나 가득 빛을 안고 오리가 물

방울과 노는 모습을 재미있게 바라본다. 오리들의 재깔거리는 소리와 사람들의 담담한 미소가 강물 위로 번져 나간다.

긴 항해 끝에 타스만 페닌슐라에 도착했던 역사와 전통은 현재에도 생생히 살아서 시드니 호바트 요트레이스와 우든 보트 페스티벌로 이어지고 있다. 12월 26일 시드니를 출발하는 요트가 호바트에 도착하면 호바트 타운은 온통 축제 분위기로 들뜬다.

맨 처음 도착하는 요트는 헬리콥터와 호바트 소방정의 환영을 받으며 축하의 고동 소리와 함께 입항한다. 금년도 우승 요트의 이름과 선적, 항해자 명단이 신문과 TV에 소개되고 예년과 비교하면서 해설 프로그램이 연달아 방송된다. 미리 비행기로 와 있던 가족들과의 반가운 만남도 이루어지는 모습을 보면서, 역시 긴 항해 길에는 예측 못할 모험이 따를 것을 대비했고, 모든 것을 극복하고 무사히 도착했다는 안도의 기쁨이 경주의 결과보다 훨씬 크게 느껴지는 삶의 현장을 보게 된다.

태즈메이니아에서는 여름 기간 동안 2년에 한 번씩 나무로 만든 작은 쪽배에서부터 대양을 가로지르는 커다란 범선까지 참가하는 우든 보트 페스티벌이 열린다. 1994년 11월에 처음 시작된 이 행사는 2013년부터 홀수 해에 2월 8일에서 11일까지 나흘간의 행사로 전환되어 열리며 세계적으로 각광받고 있다. 호바트 항구가 수심이 깊어서 아름다운 배들이 직접 도심의 부두에 정박할 수 있고, 배를 만들기에 최적의 특수한 나무들을 사용해 우든 보트를 건조하는 전통을 가진 곳이라 아주 자연스럽게 이런 행사가 열리고 있다.

2017년에는 태즈메이니아를 발견한 네덜란드 사람 아벨 타스만을 기념하여 태즈메이니안 뮤지엄에서 '초기 네덜란드 탐험가들'이라는 기획전도 열렸고 네덜란드 우든 보트들이 대거 참석했던 것을 보면서 "전통은 쉽게 사라지지 않는다."라는 말과 더불어 태즈메이니아라는 섬의 이름의 유래와 맨 처음 이 섬을 발견한 사람을 떠올려 보았다.

길고 하얀
구름의 나라

- 뉴질랜드 마운틴쿡 & 밀퍼드 사운드 크루즈 -

눈 덮인 산의 웅장한 자태가 그야말로 구름이 머무는 곳답게 구름 속에 숨겨졌다 드러났다 하면서 마치 신처럼 나를 압도하고 경외하게 만들었다. 마우리족의 신화에 의하면 별에서 온 최초의 사람들이 남태평양의 여러 섬에서 카누를 타고 오다가 섬을 보았을 때 "길고 하얀 구름이다(아오테아로아)!" 하고 소리친 것에 연유해 뉴질랜드를 원주민들의 말로 '길고 하얀 구름의 나라'로 불렀다고 한다.

뉴질랜드를 발견한 영국인 탐험가의 이름을 따라 '마운틴쿡'이라고 부르는 산은 마우리어로 '구름이 머무는 산', '아오라키'라고 부를 정도로 온통 구름에 덮여 있었다. 구름 속 산 봉우리는 하늘에 닿아 있어서 언제든지 별에서 사람들이 내려올 것만 같았다. 산 중턱을 계속 움직이며 흐르는 길고 하얀 구름의 변화와 대조적으로 변치 않고 버티어 선 산들의 행렬은 해발 삼천 미터 이상의 산이 스무 개가 넘는다고 한다.

전설에 의하면 하늘의 신 '아오라키'와 그 형제들이 바다를 건너는 도중 카누가 암초에 걸려 전복되었고 살을 에는 남풍이 불어와 모두 그대로 돌이 되어 돌산 알프스가 된 거라고 했다. 이렇게 산과 물은 신화를 품고 역사와 조화를 이루고 있었다.

전설이 현실이었던 10만 년 전에 형성된 피오르드 계곡, 산에는 태

곳적 온대 원시림이 아직도 푸르른 밀퍼드 사운드를 크루즈로 둘러보기로 했다. 산도 물도 하늘도 마음마저도 온통 짙푸르다. 어떻게 그렇게도 푸르게 느껴졌는지 생각하니 산 정상에 머무는 햇볕과 내 가슴속에 하나 가득 투영되던 푸른 물빛 때문이었던 것 같았다. 남편은 햇빛에 비추이는 모습을 카메라 렌즈에 담았고, 나는 육안으로는 보이지 않는 우리들의 행복한 시간도 함께 찍히기를 소망했다

배가 절벽 근처로 다가가니 높은 산에서 쏟아지는 폭포 소리가 세상을 메우고 뿜어지는 물보라가 얼굴을 적시며 흩어졌다. 먼 산 위에서 백설은 여름을 넘겨도 녹지 않은 채로 신비롭게 빛나고, 그 하얀 봉우리들이 검푸른 물결 위에서 일렁이고 있었다. 산 그림자, 숲 그림자가 드리워진 수면을 뱃길이 가르며 앞으로 나아갔다.

밀퍼드 사운드는 '테와히포우나무'라는 이름으로 유네스코 세계 문화 유적지로 지정되었는데 마오리어로 '포우나무의 땅'이라는 뜻이라고 한다. 뉴질랜드 옥을 말하는 '포우나무'는 투명한 보석이라기보다는 반투명 자연석의 은은한 빛을 띠고 있었다. 옥 빛 강물은 피오르드로 흘러들어서 마치 높이 솟아 오른 견고한 남성적 산 그림자를 폭넓게 감싸는 여성적 흐름으로 안고 있는 것 같았다. 남성성과 여성성이 함께 존재함으로 조화로운 우주를 이루고 있는 푸르름 속을 우리는 남편과 아내로 함께 크루즈를 하고 있었다.

마우리의 미팅하우스인 '화레누이'를 방문했을 때 지붕 꼭대기, 양쪽 처마가 이어지는 곳에는 별에서 내려온 조상 티키가 혀를 내밀고 있었다. 미팅하우스는 조상의 몸과 연결되어 있다고 믿었고, 카누를 타고 온 각기 다른 부족들의 조상들과 마우리 세계의 신들이 여러 기둥에 조각되어 있었다. 하늘의 신, 바다의 신, 바람과 폭풍의 신, 평화와 음식의 신, 전쟁과 재앙의 신, 화산 불의 신, 계속 이어지는 신들의 모습이 새겨져 있었다. 그들은 험한 바다를 작은 카누에 몸을 신

고 건너느라 이렇게 많은 신들과 조상님들의 도움이 필요했나 보다.

건물 내부에는 조각을 한 네 개의 통나무 기둥이 천장을 받치고 있는데 얼핏 보면 모두 비슷하게 보여서 설명을 읽으며 자세히 살펴보았다. 맨 앞쪽 기둥에는 우주에 관한 지식, 지구에 관한 지식 그리고 인간에 관한 지식을 바구니에 담아서 들고 있는 마우리의 신 타네루이랑이가 있고, 가운데 기둥에는 나비게이터, 카누 빌더와 '길고 하얀 구름의 나라' 조상이 새겨져 있었다.

마우리족은 모든 생물과 무생물이 서로 연관되어 있고 지구상의 모든 것을 자연의 한 가족으로 연결하는 중심 동력이 자신들이라고 생각한다. 그래서 그들은 환경을 보존 · 관리하기 위해 일련의 관습과 예식을 지키며 이 전통을 유지 · 보전하는 것이 중요하다고 여긴다. 끈에 매달린 둥근 포이를 흔들며 추는 포이 춤이나 전쟁 춤 하카 같은 마우리 퍼포밍 아트는 아주 소중하게 계승해 내려오고 있는데, 럭비 게임 시작 전에 항상 행해지는 뉴질랜드 팀의 하카 춤이 이 전통 예식에서 유래된 것이라고 한다.

1200년경 폴리네시아에서 이주해 왔다는 마우리족은 1840년 뉴질랜드의 주권을 영국에 이양하고 대신 영국 국민으로서의 권리를 인정받는 조건으로 영국의 식민지가 되었다. 그 후 1852년에는 뉴질랜드 헌법에 따라 뉴질랜드 정부가 수립되고 1947년 독립할 때까지 마오리

최초로 별에서 내려왔다는 티키는 조각상으로 볼 수밖에 없었다

족과 영국은 공존 관계를 유지하며 이를 통해 많은 갈등들을 해결하고자 끊임없는 노력을 기울여 온 것으로 평가되고 있다. 식민지라는 역사를 거치면서도 자신들의 신화와 전통 예식을 지키는 마우리족을 보면서 자연 속에서 세상의 조화를 찾으려는 노력이 바로 뉴질랜드의 정체성이라고 생각되었다.

별에서 내려온 최초의 인간 티키의 후예들이 길고 하얀 구름의 나라에서 조화롭게 살아가는 낙원의 모습을 오래도록 볼 수 있기를 바란다.

마음의 순례길 같은 여행길 끝에서

– 뉴질랜드 남섬 폭스글라시에 & 매터슨 호수 –

크라이스트처치에서 아서 패스를 지나 폭스글라시에까지 가는 긴 여정이 잡혀 있는데 비구름이 온통 산을 덮었다. 일기 예보에는 하루 종일 비가 온다고 되어 있었지만 그대로 조심스럽게 자동차를 운전하며 길을 떠났다.

안개비 속에 이어지는 젖은 산들의 모습이 차창 밖으로 보이고, 조금씩 가까이 가면 더 선명해지는 것이 꿈에서 현실이 되는 듯하다가 다시 꿈속으로 멀어지는 듯한 몽환적 분위기가 감돌았다. 마치 수묵 산수화 속을 달리는 느낌이었다. 맑은 날이었다면 겹겹이 쌓인 선명한 초록빛 산들을 보며 지났을 수도 있었겠지만, 극적으로 다가오는 주변 경관이 더욱 아름다워서 비 오는 날 드라이브도 운치 있었다.

도중에 지나친 캐슬힐에는 천연의 바위들이 마치도 조각상들처럼 서

서 비를 맞고 있었다. 처음 계획은 그 주변을 걸어서 하늘의 예술품들을 감상하려 했는데 비가 제법 내리는 바람에 생각을 바꾸어서 그냥 차창을 통해 보면서 지나쳤다. 찻길도 길이니 걷는 길 대신 드라이브

를 택했다고 여행에서 달라지는 것은 없지 싶었다. 앞으로 며칠간의 자동차길, 산책길, 물길로 가는 여행길에서 보게 될 대상들을 마음속에 잘 헤아려 보는 것이 중요하다고 생각하며 드라이브를 계속했다.

산꼭대기 만년설이 녹아내리는 물과 계속 이어지는 비로 인해 더욱 풍성해진 냇물은 근처 돌들을 모두 옥색으로 물들이며 함께 흐르고 있었다. 냇물과 함께 흐른 돌들은 바다로 가서 머물고 파도에 마멸되며 동그랗게 보석이 되어 가고 있었다. 보석이 되고 싶은 사람들은 그 돌 위에 이름을 써 놓고 햇볕에 말리고 있었다. 어느 날 저 돌 위에 이름을 쓴 사람들은 이 세상에 더 이상 존재하지 않아도 돌들은 부서지지 않고 남아 있지 않을까 생각하니 뭉게구름처럼 피어나는 인간의 소망들이 정겨우면서도 한편으로 애잔하게 느껴졌다.

드디어 하루 저녁 머물 폭스글라시에 숙소에 짐을 풀고 멀리 만년설이 바라보이는 곳을 향해 표지판을 설치해 놓았다는 곳으로 갔다. 눈 덮인 산봉우리가 보인다는 곳에 정확하게 각도기를 설치해 놓았지만 짙은 구름에 가려져서 아무것도 보이지 않았다. 먼 길을 달려와서도 볼 수 없다는 것이 자연을 따를 수밖에 없는 인간의 한계를 실감케 했지만, 그래도 과정이 즐거웠으니 이미 행복한 여행이었다고 느꼈다.

그리고 전망대 옆에는 만년설을 보러 갔다가 비행기 추락 사고로 세상을 떠난 사람들의 위령대가 있었다. 보고 싶어서 찾아갔던 만년설

을 항상 볼 수 있는 그곳에서 편히 쉬라는 배려의 의미가 전해졌다.

다음 날은 근처 매터슨 호수로 아침 산책을 했다. 눈 덮인 산 정상이 그림처럼 비추인다고 관광 책자에서 읽고 찾아왔는데 표지판만 보이고 호수는 비에 젖고 있었다. 비 오는 날의 산정기가 온몸을 감싸고

빗물에 흠뻑 취한 이끼들은 더욱 싱그럽고 냇물은 콸콸 소리치며 바위와 격렬히 부딪치며 흐른다. 졸졸 콸콸…. 어떤 모습이어도 흐름이 본질인 냇물은 변함이 없지 싶다.

흐르는 물길을 카메라에 담으며 산책길을 따라서 걸었다. 언젠가 산사의 경내로 들어가는 입구에 성역과 속세의 경계를 나타내는 일주문을 통해 들어갔던 기억이 떠올랐는데, 이번에는 일주문도 거치지 않고 신선이 사는 경내로 들어온 듯 자연이 깊었다. 마음의 순례길 같은 여행길 끝에 자연 속에서 인간의 한계를 느끼고, 그래도 결과에 상관없이 과정에서 행복하다면 그곳이 바로 신선이 사는 곳이라고 느꼈다.

내 영혼을 쉬게 하시리로다

– 뉴질랜드 테카포 호숫가의 '착한 목자의 교회'에서 –

흰 눈 덮인 산봉우리들이 병풍처럼 둘러쳐진 푸른빛 호숫가에 자그마한 교회가 그림 같았다. 빙하가 녹아내린 우윳빛 물이 짙푸르게 맑은 물과 섞여서 테카포 호수는 독특한 비취색 물빛을 띠고 있었다. 호숫가 교회는 오크 나무와 돌로 지어졌는데 교회라기보다는 교회의 축소 모형이라고 느껴질 정도로 작고 아담한 모습이었다.

왜 사람들이 살고 있는 마을 가운데가 아니라 뚝 떨어진 이 호숫가에 교회를 지었을까, 어느 교파에 속한 교회일까 생각하며 다가가서 건물에 부착된 머릿돌에 새겨진 글을 읽어 보니 하느님께 영광을 돌리고 이 지역 맥켄지 분지의 개척자들을 기념하기 위해서 1935년에 시공되었다고 적혀 있었다. '착한 목자의 교회'라는 이름을 가진 아주 간소하고 작은 이 건축물은 어느 한 종파에 속한 교회가 아니라 개척자들의 협력으로 호수 주변의 돌과 흙을 모아 1957년에 완공되었다고만 적혀 있었다.

유럽의 화려하고 예술적인 건축물들에 비하면 간소하고 작은 피난처 같은 이 교회가 오히려 진한 인상으로 다가왔다. 많은 관광객들이 소란을 떨며 다녀가도 지나고 나면 다시 고요하고 평온해지는 놀라운 자정의 힘이 있었다. 창문 밖으로 남쪽 알프스 산맥의 흰 봉우리들을 떠받들고 흐르는 푸른 호수가 보이고 창가의 단순하고 소박한 십자가가

보는 이들 마음의 상처도, 번거로움도 치료해 주고 있는 것 같았다.

전해 오는 이야기에 의하면, 맨 처음 스코틀랜드 출신의 양 도둑 제임스 맥캔지가 훔친 양들을 사람들이 살지 않는 이 산간 분지에서 방목을 하다가 체포된 후 1857년부터 양을 치는 목장으로 사용되어 왔다고 했다.

고도가 높고 기후의 변화가 심해서 양들도 살아남기 힘들던 이 땅에 살던 초기 개척자들이 어떤 마음으로 이 교회를 세웠을까. 교회 근처에 서 있는 양치기 개 콜리의 동상을 보며 척박한 자연 조건 속에서도 감사하는 마음으로 살아 내던 그들의 모습을 느낄 수 있었다.

교회 입구 탁자 위에는 “주는 나의 목자시니 내가 부족함이 없으리로다. 그는 나를 푸른 초원에 눕히시고, 조용한 물가로 인도하셔서 내 영혼을 쉬게 하시리로다.”라는 시편 23장이 적혀 있는 작은 카드가 찾아오는 사람들이 갖고 갈 수 있게 놓여 있었다. 그래서 이 교회는 고단한 여행자들은 누구고 가리지 않고 그들의 영혼을 쉬게 하려나 싶었다.

그날 마침 이 교회에서는 중국에서 온 남녀의 결혼식 사진 촬영을 하고 있었다. 주변 경관이 꿈같이 아름답고 로맨틱한 결혼식 장면의 세트로 최적의 장소이기도 하고, 관광업체들의 홍보에 의해 연중 결혼식이 끊이지 않는다고 했다. 마음속으로 이곳에서 결혼하는 모든

부부들이 아름답고 순탄한 삶을 살기를 빌어 보았다.

푸른 호수 물에 취해서 산책을 하는 사이에 교회 위로 해가 저물고 창문 너머에서 들어오는 석양빛이 교회를 채웠다. 누군가 "저녁이 오면, 대자연의 모든 식물과 짐승들의 눈빛이 순해지고 밤을 맞이할 준비를 한다고 한다. 이 지상의 모든 생명들이 자신의 외로운 그 눈을 바라보아야 하는 것이다."고 했던가? 온 누리는 어두움 속에 잠들고, 별이 빛나고, 다음 날 아침 해가 다시 떠오를 때면 사람들은 새로운 힘으로 살게 되겠지 싶었다.

이 자그마한 교회를 수 없이 오고 가는 저 많은 사람들은 지금 과연 무엇을 보고 느끼고 생각하는 것일까? 어두운 밤길에 남십자성을 의지해서 길을 찾았던 개척자들처럼 이곳을 다녀가는 우리 모두가 뜻있는 마음의 길을 찾을 수 있기를, 그리고 이 교회의 이름처럼 착한 목자 품에서 쉴 수 있기를 바라는 마음이 테카포 호수 물처럼 가득했다.

사랑하는 사람에게 띄우는 눈 엽서

– 마운틴필드 정상의 돕슨 호수에서 –

밤새 내린 눈이 웰링턴 산머리를 하얗게 덮었고, 바람 없이 파아란 겨울 아침이 눈부시게 빛나고 있었다. 아침에 일어나서 모든 것을 차별 없이 덮고 있는 눈 쌓인 모습을 보면 어두운 밤 초조하고 성난 마음들을 어루만지고 달래서 이루어 낸 평화를 보는 듯 마음이 밝아진다. 행복하게 설레는 가슴으로 좀 더 가까이 겨울 산을 느끼고 싶어서 웰링턴산보다 더 높은 산, 마운틴필드로 서둘러 눈 구경을 나섰다.

엽서에서 보는 듯한 겨울 산의 모습을 카메라에 담으며, 점점 강해지는 햇살에 눈이 녹을까 봐 발걸음마저 빨라진다. '기적같이 와서 행복 같이 달아나는 눈'이라고 눈을 표현한 글귀가 마음속에 맴돌았다. 정상에 있는 돕슨 호수는 살얼음이 잡히고 얼음 결이 엷고 투명한 빛 아래 빗살무늬를 만들었다. 호수 건너편 하늘에는 하얀 조개구름이 그

치지 않고 내리는 눈송이처럼 떠 있었다. 가만히 기다리고 서 있으면 지나온 세월이 시로 영글어 눈처럼 내려올 것 같은 구름 모습이었다.

시는 사람다웠던 시간의 아름다운 추억이라고 한다. 얼어붙었던 아픈 시간이 가슴속에 녹아내려 시가 된다고도 한다. 그래서 시가 눈이 되어 내려 쌓이면 하얗게 슬픔을 덮고 부끄러움을 덮는다. 위로의 시간, 용서의 시간이 좋다. 그래서 나는 눈 오는 날을 좋아하나 보다. 얼음 결 잡힌 호수는 생각에 잠겨서 시어를 길어 내느라 침잠하는 시인 같기도 하고 깊은 산속 암자에서 수도하는 노승같이도 느껴졌다.

호수 옆에는 국립공원 관리소에서 설치해 놓은 대피소가 있다. 우리 아이들이 어렸을 때 함께 피크닉 하러 오고, 그 주변에 다가온 동물들에게 먹이도 주고, 비바람도 피했던 추억들이 스쳐 지나갔다. 오늘 대피소 안에는 눈 속을 걸으며 스키 보드도 타고 겨울을 즐기려는 젊은이들이 삼삼오오 모여 있었다. 긴 산행을 떠나기 전에 장비와 준비물도 점검하고, 동료들을 챙겨 주는 이들의 기대와 설렘이 대피소 안에 가득하고, 창문 밖으로 보이는 눈 내린 숲은 고즈넉한 모습으로 기다리고 있었다.

십여 년 전 어느 날 성당 산악회원들과 함께 산행을 했던 기억이 떠오른다. 걷는 속도가 느렸던 우리를 틈틈이 기다려 주어서 미안했지만, 아예 걸을 엄두가 나지 않는 지금에 와서 생각하니 그때가 기회였구나 싶었다. 그 깊고 아름다웠던 등산로가 내 추억 속에 자리 잡을 수 없었을 거라 생각하니 추억이 얼마나 고맙고 다행스러운 것인지 모르겠다.

먼 산행 대신 카메라로 눈경치를 찍기 시작했다. 눈얼음 덩어리를 뚫고 푸른 싹이 꽃도 피우고 있었다. 햇빛에 반사되는 얼음보다 더 싱싱하게 생명이 반짝인다. 기적을 보는 듯 신기했다. 바삐 걸어서 지나

쳤더라면 느끼지 못했을 또 다른 경이로움이 가득 차올랐다. 뛸 수 없을 때는 걸을 수 있음이 감사하고, 걸을 수 없을 때가 오면 볼 수 있음이 감사한 생명의 지혜가 눈처럼 내려 쌓이고 있었다. 겨울 산에서는 저마다의 생명의 시간이 영롱하게 빛나고 있었다.

이 순백의 눈을 사랑하는 사람들에게 보내고 싶었다. 사랑이란 '내'가 '너'에게 가는 가장 단순하고 아름다운 길이라고 했다. 사랑하는 이에게 이르고 나면 그건 세상에서 가장 가까운 직선거리에 있는, 바로 지금 내 곁에서 '나'를 바라보고 있는 '네' 얼굴 속에 있다고 했다. 그래서 눈을 엽서로 보내고 싶은 마음으로 사진을 찍었다.

"누나! / 이 겨울에도 / 눈이 가득히 왔습니다. // 흰 봉투에 / 눈을 한 줌 넣고 / 글씨도 쓰지 말고 / 우표도 붙이지 말고 / 말쑥하게 그대로 / 편지를 부칠까요? // 누나 가신 나라엔 / 눈이 아니 온다기에." 라고 윤동주 시인은 천상의 나라로 먼저 간 누나에게 눈 편지를 썼다.

나도 눈을 엽서에 담아서 이 글을 읽는 사람들에게 보내고 싶다. 그분들이 곁에 보이는 사람들과 사랑하고 있음을 느낄 수 있기를 바라면서 눈 엽서를 띄운다.

황금빛으로 빛나던 순간

– 블루마운틴 지역 메갈롱 밸리 문학 캠프 –

시드니에서 글을 쓰는 지인들과 함께 메갈롱 밸리로 일박 이 일 동안 문학 캠프를 다녀왔다. 가는 길에 들른 로드덴드론 가든 연못에는 투영된 정원의 모습이 조용히 담겨 있고, 꽃이 피어나고, 핀 꽃잎을 햇살이 통과하고 있었다. 거의 자그마한 유칼립트 나무 키만큼 크게 자란 꽃나무들이 숲을 이루고 있어서 그 넓고 큰 규모에 놀랐다.

호바트 웰링턴 산기슭에도 로드덴드론을 가꾸던 친구가 살았었는데, 그 집 나무들은 훨씬 키가 작고 나무들이 촘촘히 심어져 있어서 여러 가지 종류의 꽃잎들이 한눈에 들어왔었다. 꽃이 만개할 때가 되면 친구는 정원에서 손수 만든 케이크와 비스킷을 곁들인 가든파티를 열었고, 참석한 우리들은 마련된 작은 모금 상자에 기쁘게 돈을 넣었다. 그 돈은 뉴노포크에 있는 정신병원으로 보내졌었다.

로드덴드론 꽃을 볼 때면 담담한 연민의 정이 꽃향기 사이로 번지던 아름다웠던 오후의 담소와 이제는 세상을 떠난 친구 바바라가 생각난다.

메갈롱 밸리 캐빈에 도착해서 짐을 놓고 산책을 하다가, 나무 아래

긴 어둠을 밝히려고 떠오른 등불 같은 달

죽어서 누워 있는 소와 마주쳤다. 아직 죽은 지 얼마 되지 않았는지 눈과 이빨, 신체 부위가 그대로 생생하게 드러나 있었다. 차가 다니는 길이 아니니 자동차에 받힌 것도 아니고 바로 근처 농장이 있으니 길을 잃은 것도 아닐 것 같은데 왜 혼자서 이곳에서 죽었는지 이해할 수가 없었다.

생명이 이미 떠나 버린 모습은 왠지 모르게 섬뜩하고 무서운 느낌이 들었다. 하지만 마음을 가다듬고 들판에서 햇빛 아래 평화롭게 모여 있던 소들의 모습을 상상하니 오히려 측은하고 더욱 그의 사연이 궁금해졌다. 아마도 이곳에서 저 소는 사랑하던 짝의 영혼을 만나러 가기

아침을 맞아들이는 새벽달

위해 무거운 몸을 버렸나 보다. 둘만의 특별한 추억이 있었던 곳이었나 보다.

여기에서 출발하면 곧바로 사랑하던 소의 영혼을 만날 수 있다고 여겨졌던 곳이라고 생각하며 그를 보니 삐드러진 이빨과 눈매가 웃고 있는 듯이 보였다. 행복하게 이 세상을 훌훌 털고 하늘로 간 소의 모습은 더 이상 무섭지도 애처롭지도 않았다. 그저 태어나고 살고 죽는 자연의 일부일 뿐 숲이 더욱 따뜻하고 환하게 느껴졌다.

산책에서 돌아오니 때마침 방 바로 앞에 보이는 암벽으로 둘러싸인 산에 황금빛 노을이 빛나고 있었다. 황홀하게 펼쳐졌던 화려함도 잠

산에게 다가오는 새로운 날

시. 점점 보라색으로 변해 가더니 곧이어 검은빛으로 색을 떨군다. 유채색과 무채색의 경계를 보면서 비록 잠시 동안이었지만 설렜고, 빠른 순간의 흐름이 숨 가쁘게 느껴졌다.

모두들 피곤하다고 잠자리에 들고, 나도 그만 자려고 아래쪽에 있는 캐빈으로 돌아가다 보니 앞마당에 모닥불만 타고 있었다. 별이 비추이는 밤하늘 아래에서 홀로 타오르는 모닥불이 아쉬워서 혼자서라도 조금 앉아 있다가 들어가고 싶었다. 등불 삼으라고 달이 떠오른다.

어둠을 깨치던 새소리들의 질주가 가라앉은 고요한 새벽, 앙상하게 서서 아직도 무언가를 기다리고 있는 듯한 죽은 나무 곁에서 붉은빛 서광의 띠를 두른 하늘 속 빛바랜 달을 보며 숨을 죽이고 해가 떠오르기를 기다렸다.

해님과 달님의 임무 교대 시간. 유칼립투스 숲을 가르며 눈부신 붉은 공이 빛을 뿌렸다. 엷은 빛살이 나무 사이사이로 퍼져서 비치며, 줄무늬 놓은 길 따라 캥거루가 껑충껑충 걸어서 가고, 내 마음 안으로 모차르트의 클라리넷 협주곡의 서정적 멜로디와 함께 아침이 왔다. 나도 캥거루처럼 메갈롱 밸리에 있는 한 생명으로서 내 길을 가고 있었다. 사람들이 사는 모습들을 생각해 보면서 읽고 쓰는 문학도의 길을 걸었던 황홀한 아침이었다.

아침 식사 후에는 농장을 가로지르는 길들과 철조망 담장들이 나지막한 언덕길을 걸었다. 포도주 생산을 위해 재배하는 포도 농장을 곁으로 하고 식스-피트 부쉬 워킹 트랙까지, 문학회 회원들은 삼삼오오 바람이 실어 나르는 향기를 맡으며 나비들이 풀꽃들과 입맞춤하는 들판 길을 걸었다. 사진에 찍히듯이 우리들도 그냥 그 자리에 그렇게 잠시 머물 수 있기를 바랐다.

돌아오는 길에는 메갈롱 밸리 티 룸에서 커피랑 차도 마시고, 파아란 하늘로 오르다 뒤돌아보는 등꽃, 하얀 구름과 같은 색으로 깃털을 맞추어 입은 카카투의 모습에 감탄하며 우리들 마음도 새처럼 날아올랐다.

메갈롱 밸리의 아침 길

그리고 우리가 보고 느낀 것을 돌아와서 사진을 보면서 이렇게 수필로 써 보는 실습을 하고 있으니 바로 여기가 문학 캠프의 현장이라 여겨진다.

붉은 땅에 머무는 에너지

- 미국 원주민 보호지역 나바호 컨트리 & 세도나 -

환경 문제, 종교로 인한 테러 문제들을 수시로 마주치며 사는 시대라서 그런지 땅을 자신들의 소유라고 생각하지 않고 후손에게서 빌려 쓰는 것이라고 생각한다는 미국 원주민들에 대해서 관심을 갖기 시작했다. 『인디언, 영혼의 노래』라는 글을 읽고는 그들의 종교관이나 삶에 대한 자세에 상당 부분 공감하며 매력을 느끼게 되었다. 그래서 인디언 보호 지역으로는 미국 내에서 제일 크다는 나바호 컨트리를 돌아보기로 했다.

서서히 땅에 감도는 인디언 정령들을 느껴 보고 싶어서 단체 여행을 피하고 남편과 둘이서 사륜 구동차로 지도를 보면서 드라이브를 시작했다. 그 넓은 땅에 눈에 띄는 건물들이 없어서 우선 놀랐다. 드문드문 트레일러에 달린 캠핑카에서 살고 있는 모습이 마치도 유목민처럼 쉽게 옮겨 다닐 수 있는 생활 모습 같기도 하고, 정말 아직도 개인의 땅이라는 개념을 갖고 있지 않은 건지 황량하고 낯설었다.

비포장도로를 그래도 처음에는 길 표지판이 있어 마음 놓고 달려왔는데 슬그머니 몇 갈래로 길이 나누어지며 도로 팻말이 없어졌다. 우리의 방향 감각만을 믿고 좁지만 곧게 뻗은 숲길을 선택해서 한참을 달렸는데, 갑자기 그 길에 철책이 길게 둘러쳐 있고 통행문은 굳게 잠겨 더 이상 자동차가 다닐 수 없게 막혀 버렸다.

언제부터 언제까지라는 기간도 명시하지 않은 채로 철새의 산란기 동안은 이 지역을 통과할 수 없다는 팻말이 붙어 있었다. 문득 인디언들은 걷고 기고 헤엄치고 나는 자연의 모든 피조물을 친척으로 여긴다는 생각이 떠올랐다. 친척들의 산란기에 통행을 막는 것은 당연하게 여길지 모르지만, 우리에게는 참으로 황당한 일이었다.

다시 한 시간을 되돌아 운전해서 원점으로 와 다른 길로 접어들었다. 갈라지는 곳에 안내판을 세워 놓아 주었더라면 하고 원망스럽기도 하고, 우리가 아무것도 미리 확인하지 않은 채로 허술하게 길을 선택했구나 싶기도 했다. 하지만 예상치 않은 일들을 찾아서 떠나는 게 여행 아니던가 여기며 야생화 핀 맑고 조용한 들판을 모험인 줄도 모르고 즐겼으면 그것으로 족하고, 이젠 돌아서 가면 되는 거라고 마음먹고 길을 돌렸다.

예정보다 족히 세 시간은 늦게 모뉴멘트 밸리에 예약해 놓은 숙소에 도착했다. 예정과 목표는 단지 이정표일 뿐 조금 늦었다고 삶의 내용이 크게 달라지는 것은 없지 싶었다. 나바호 인디언 보호구역은 뉴멕시코주의 테일러산, 애리조나주의 샌프란시스코산, 유타주의 블란카산, 그리고 콜로라도주의 헤스퍼러스산, 네 개의 산에 둘러싸여서 그 산들이 그들 관할지역의 경계선처럼 나바호 네이션 기에 표시되어 있었다.

산으로 경계를 삼는 것은 좋았지만, 고산 지대의 메마른 땅에는 겨울은 추운 바람이 매섭게 불고, 여름은 몹시 덥고, 연간 강수량이 적어서 황무지가 대부분을 차지했다. 우라늄과 광물 자원은 풍부하지만 땅은 미국 연방정부와 주정부에 속해 있고 나바호 네이션은 위임을 받아 관리만을 할 뿐이라고 했다.

이 광활한 지역에 살았던 나바호족은 아름다운 대지를 보면서 걷기를 좋아했었다.

"아름다움 속에서 걸을 수 있기를 / 하루 종일 걸을 수 있기를 / 내 주위 모든 곳의 아름다움과 함께 걸을 수 있기를 / 늙어서도 아름다운 오솔길을 힘차게 걸을 수 있기를 / 아름다움 속에서 그 길이 끝났도다."고 노래하며 계속 발걸음을 옮겼다. 아름다움 속을 하루 종일 걷고, 늙어서도 힘차게 걸으며, 그 길이 끝나는 죽음에 이르기까지 걷고 싶다는 가사가 인상적이었다.

광활한 아름다움이, 지지 않는 석양처럼 붉은 모습을 보니 평생 아름다움을 느끼며 걷고 싶었던 그들은 소원 성취를 했음에 틀림없겠다. 하지만 꿈의 뒷면에 당장 물과 전기 부족에 직면해 있다는 실정은 피해 갈 수 없는 어둡고 우울한 현실로 다가왔다.

나바호 인디언들은 미국이 멕시코를 물리친 이후 인디언 초토화 전술로 살고 있던 집을 비롯해 땅, 가축 등 모든 것을 빼앗기거나 불살

라졌던 슬픈 역사를 갖고 있는데, 아직도 정복자들에게 당하고 있는 부당한 대접을 생각하니 붉은 대지에서 아메리카 원주민들의 피 울음소리가 들리는 듯했다.

지나는 길에 한 인디언 남자가 관광객들에게 함께 사진을 찍고 1불에서 5불의 팁을 주면 감사하겠다는 팻말을 붙여 놓고 손님을 끌고 있는 모습을 보았다. 그것도 '대단히 고맙게 받겠다.'라고 적혀 있었다. 한때 이 땅의 주인이었던 사람들이 모든 값비싼 자원을 넘겨주고, 관광객들이 주는 팁을 고맙게 받는 모습이 헤아려 볼수록 짠하게 미안했다.

테쿰세는 미국 정부를 향해 이 땅은 애초부터 지금까지 나누어진 적이 없고 필요에 따라 쓰도록 모두에게 속한 것이기 때문에 인디언들끼리라도 사고팔 수가 없다고 했다. 사용할 수 있는 점유권도 그 땅 위에 최초로 담요나 가죽을 깔고 앉으면 그가 그 자리를 떠날 때까지 그 사람의 권리를 지켜 주어야 한다고 했는데, 지금의 결과를 보고 어떤 심경일지 궁금했다. 그래도 그는 우리는 다 같은 형제 친척이라고 말할까?

"비록 손을 놓는 것이 더 쉬울지라도 / 네 삶에 꼭 매달려라 / 비록 언젠가 내가 너에게서 가 버릴지라도 / 내 손에 꼭 매달려라."라는 푸에블로족 인디언의 기도가 들려왔다. 한 세대가 고통 속에 사라져도

다음 세대가 오면서 삶은 영원히 지속되리라는 믿음과 긍정이 붉은 대지 위에 태양으로 떠오른다. 용맹한 인디언 전사들이 집으로 돌아가는 영웅처럼 죽음을 맞이하고 떠나 버린 대지에 붉은 돌기둥이 위령탑처럼 서 있었다. 힘든 원주민들을 위로하며 버틸 수 있도록 지켜 주고 있었다.

그들은 세상의 모든 것들은 하나로 연결되어 있어서 바위 · 공기 · 물 · 불 · 흙까지도 인간과 똑같은 창조물의 일부라고 생각하며, 생명체의 거대한 원에 연결되어 있다고 믿는다. 이 연결을 이해한다면 힘의 근원인 에너지를 이해하게 될 것이라고 했다. 특히 원주민 치료사

들은 시작도 없고 끝도 없는 생태계의 원을 잇는 매듭이 끊긴 곳을 고쳐 주는 사람들이라고 여긴다.

한방 의학에서 말하는 기, 원기를 한의사들이 손가락 끝으로 짚어서 느끼는 진맥과 혈을 풀어 주고 기를 보강해 준다는 말을 떠올리며 세계 곳곳에서 기 치료를 위해 사람들이 몰려든다는 세도나로 향했다.

붉은 암벽이 하늘을 향해 기도하는 조각상처럼 서 있었다. 땅속에 묻혀 있는 자기가 우주로 상승하는 틈새가 길게 보이는 붉은 바위. 그 둘레에는 물이 흐르고 나무가 자라고 있었다. 볼텍스 때문이었을까? 마치 생명을 잉태하고 치유하는 곳처럼 영험한 기운이 감돌았던 느낌

은 푸른 하늘과 대비된 붉은색 때문이었는지, 실제로 아메리카 원주민들의 위대한 정령들이 떠돌기 때문이었는지 모르겠다.

볼텍스가 많이 방출된다는 곳 근처에는 손으로 쌓아 올린 돌탑들이

눈에 띄었다. 인간의 소망이 치유를 가져오는지 모든 정령들의 에너지가 치료를 가져오는지 모르겠지만 무엇인지 모를, 우주가 꽉 찬 듯했던 그곳에서의 느낌을 잊을 수가 없었다.

지구 속의 자석 기운이 선회하며 올라와서 지구 표면을 뚫고 우주로 상승하는 볼텍스는 지하에 묻힌 수정과도 관계가 있다고 한다. 언젠가 태즈메이니아에서 에너지 전시회 작품 〈영혼을 위한 의자〉를 본 적이 있다. 영혼이 앉는데도 의자가 필요하다는 생각은 새로웠고, 또 그 의자에는 크리스털이 부착되어 있다는 발상이 흥미로웠다. 여러 종류의 크리스털과 금속을 에너지의 근원으로 다루었고, 관람객들에게 직접 앉아서 에너지를 느껴 보라고 했다.

어쩌면 미국 원주민들의 사고는 알게 모르게 현시대 우리들의 사고 속에 녹아들었는지도 모를 일이다. 우리는 잠시 후 하늘로 치솟는 붉은 기운 옆에서, 영혼이 앉는 나무에 수정이 부착된 의자가 아니라 육신이 앉는 철로 만든 의자에 앉아서 점심 식사를 했다.

하늘과 인간 영혼의 중재자 역할을 한다는 독수리 조각상이 우리 곁

붉은 바위 앞에 내려와 앉아 있으니 언제라도 쉽게 하늘로 갈 수 있지 싶었다. 영혼과 육신의 원기가 충천하는 느낌으로 우린 그렇게 붉은 땅에 머무는 에너지를 받았던 것 같다. 이 에너지로 다음 세상으로 나아가는 영웅처럼 용감하게 가고 싶다고 기도하면서.

"종교적 관점 때문에 다투지 마라. 위대한 영에 대한 상대의 관점을 존중하고 그에게도 너의 관점을 존중해 달라고 요구하면 된다. 상대가 신성하게 여기는 것을 존중하라."는 원주민의 교의를 증거하는 듯이, 세도나에는 주위의 붉은 산에서 십자가가 솟아 나온 것처럼 보이는 홀리 크로스 성당이 있다. 이 지역의 목장 주인의 의뢰로 지어진

이 천주교 성당은 마치 자연의 일부인 듯한 신비한 외관과 단순한 내부에 창문을 통해 들어오는 자연광이 함께 어우러져서 기도가 곧장 하늘로 가는 장소처럼 느껴졌다.

나는 성당에 촛불을 밝히고 가족들의 건강을 위해서 기도를 드렸다. 볼텍스가 강하게 맴돈다는 레드 록, 오크 크릭, 벨 록 근처에 쌓아 놓은 돌탑과 내가 밝힌 작은 촛불에 담긴 기도는 다 같이 하늘로 가고 있었다.

석양이 들려주는 평화의 소리

- 미국 산타모니카 해변 & 그랜드 캐니언 -

산타모니카 해변을 지나고 있을 때였다. 커다란 불덩이가 주변을 붉게 물들이며 서서히 바다를 향해 내려오고 있었다. 당장 차에서 내려 달려가고 싶었다. 주차를 하고 나면 해는 이미 물속으로 사라지고 말 것 같아서 초조한 마음으로 둘러보는데 마침 비싼 주차장에 자리 하나가 눈에 띄었다. 우리는 무조건 그곳에 차를 세우고 바다로 뛰어갔다.

해변가에서 사람들을 태우고 있는 놀이기구, 대관람차에 햇빛이 눈부시게 반사되고, 하늘 전체가 노란색에서 점점 주황색으로 변해 가고 있었다. 해변에서는 대여섯 명의 밴드가 재즈를 연주하고, 파도가 밀려오는 모래사장에서는 아이들의 웃음소리가 불규칙한 비트로 간간히 들려오고 있었다. 손잡고 거니는 연인들, 사진 찍는 가족들, 홀로 앉아서 취한 듯 주위를 바라보는 사람들, 그 뒤로 해는 점점 수평선을 향해 내려오고 사람들은 짙은 실루엣으로 변해 가면서 우리도 함께 숨죽이고 태양이 잠수하는 순간을 기다렸다.

산타모니카 해변의 대관람차를 보면서 언젠가 읽었던 소설『스푸트니크의 연인』에서 주인공 뮤가 멈추어 선 대관람차 안에서 자기 방에 있는 또 하나의 다른 자신을 목격하는 장면을 연상한 것은, 일상의 수레바퀴가 잠시 멈추어 선 시간 같은 여행 중에 나는 또 다른 나, 꿈꾸

고 생각하는 내면 속의 나를 보고 싶은 기대 때문이었는지 모른다. 성조기가 석양에 펄럭이며 창에 비친 태양이 여기는 미국 땅 산타모니카 해변이라고 오래도록 말해 줄 것이다.

해는 매일 뜨고 진다. 황홀한 마음으로 카메라에 담은 모습들이 어디인지 분간을 못하게 흡사해서 여행 중에 찍은 석양 사진들은 나중에 기행 에세이를 쓰려고 할 때에도 별로 그 지역의 특색을 보여 주지 못하는 것 같다. 사실 요즈음은 건물들, 사람들, 길거리들의 모습도 비슷해서 유명한 장소나 도시의 이름을 명시하지 않으면 분별하기가 어렵다. 그럼에도 무엇 때문인지 석양이나 일출이 유명한 곳이 있어서 그곳을 찾아다니고, 때로는 그 사진들을 보면 그 순간의 감동이 그곳의 기억과 함께 강렬하게 떠오르기도 한다. 추억이 햇빛을 타고 가슴 속으로 깊이 들어오는 느낌이다.

산타모니카 해변을 떠나 그랜드 캐니언에서 머물며 그 정경이 스펙타클하다고 널리 알려진 석양을 보러 갔다. 주위를 둘러보아도 끝이 없는 대고원이 속살을 알록달록 들어낸 채 세월을 보여 주고 있었다. 그곳에는 석양 시간대에 맞추어 특별 관광버스가 운행되고 있었다. 버스 하나 가득 사람들이 해 지는 모습을 보겠다고 몰려들고 있었다.

나는 콜로라도강의 모습도 함께 볼 수 있는 호피 포인트에서 많은 사람들과 더불어서 석양을 보았다. 우리는 같은 석양을 보고 있지만 모두들 저마다의 가슴에 안고 있는 사연으로 인해 제각각 다른 모습으로 투영되겠지 싶었다.

사방은 서서히 황금빛이 돌더니 어두워지기 시작한다. 붉은색 대지 위에 좀 더 붉게 타오르는 석양을 볼 것으로 기대했는데, 계곡 층층이 다른 색을 띠고 있던 것이 서서히 희미하게 번져 가면서 어둠 속으로 함께 가라앉았다. 마치 18억 년의 세월도 지금 뜨고 지는 태양의 빛과 그림자, 밤과 낮 앞에서는 아무것도 아니고, 백 년을 못 사는 인간이란 자연 앞에서 정말 아무것도 아니라는 느낌이 엄습해 왔다.

7천만 년 전에 시작된 융기 현상으로 콜로라도 고원이 형성된 곳을 로키산맥에서 흘러내리는 콜로라도강물이 계곡의 지층을 깎아서 깊은 협곡을 만들었고, 붕괴된 돌과 모래는 캘리포니아만까지 강물에 의해서 세차게 이동하며 강바닥을 깎아서 더 깊은 계곡을 만들었다고 한

다. 멀리 석양에 은빛으로 반짝이는 강줄기를 바라보면서 저 잔잔하고 해맑아 보이는 물줄기가 오랜 세월을 거쳐서 이루어 낸 업적을 느끼며 또 한 번 자연에 대한 경외심이 석양을 파고든다.

"어디서나 지는 해를 나는 왜 그곳에서 그리도 숨죽이며 낙조를 기다렸던가? 그리고 내가 본 것은 결국 무엇이었던가?" 돌아와서 생각해 본다. 그리고는 울려오는 태고의 기도 소리를 듣는다.

아파치족은 이렇게 기도했다. "날이 밝으면 태양이 당신에게 새로운 힘을 주기를 / 밤이 되면 달이 당신을 부드럽게 회복시켜 주기를."

샤이엔족은 또 이렇게 기도했다고 한다. "우리에게 평화를 알게 하소서 / 달이 떠 있듯이 오래도록 / 강물이 흐르듯이 오래도록 / 태양이 빛나듯이 오래도록 / 풀이 자라듯이 오래도록 / 우리에게 평화를 알게 하소서."

우리 모두는 삶의 아픔을 달래고 희망으로 새날을 맞고 싶어서 해가 지고 어두워지는 낙조의 순간을 기다리며 7천만 년 동안 콜로라도강이 흐르며 이루어 낸 평화의 소리를 들으러 갔나 보다. 나도 석양을 보며 침묵 속에 그 소리를 가슴에 담아 왔음을 알게 되었다.

영겁의 낙조 속을 한 마리의 새가 날며 자유롭다. 내 여행길에 보았던, 어디서나 볼 수 있는 석양 모습의 정수라 여긴다.

Part 4

예술의 울림

예술가는 그들의 작품을 통해서 앞으로 오는 시대를 예견한다고 한다. 신화를 현재 상황으로 만들고 한 발자국 앞서서 미래를 그린다. 인간성의 상실을 예고하며 들이닥친 모더니즘에서부터 개인의 정체성을 중요하게 여기는 지각 예술(Perceptual Art)의 현재 세대에 이르기까지 울려오는 전시회의 소리를 들어 본다.

절규의 재해석

– 모나 갤러리 설치미술 전시회 ‘개인적인 고고학’ –

아주 서서히 움직이는 엘리베이터를 타고 지하 전시실로 내려가면서 무언가를 발굴하러 가는 기분이 들었다. 모나 갤러리에서 열리고 있는 ‘개인적인 고고학’이라는 표제의 설치미술 전시회를 관람하려고 지하 삼 층으로 내려가는 길이었다. 도착하니 온통 비명 소리가 전시홀을 메웠다. 무덤 속처럼 캄캄한 방 안에 설치된 스크린에는 사람들이 한 명씩 돌아가면서 네모난 액자에 얼굴을 내민 채 비명을 지르고 있었다. 절박한 분위기가 감돌았다.

유고슬라비아 작가 마리나 아브라모비치는 노르웨이 화가 에드바르트 뭉크의 유화 〈절규〉가 그려진 지 백 년이 되는 것을 기념해서 그 그림의 배경이 된 오슬로 공원에서 이백여 명의 다른 사람들이 각자 절규하며 비명을 지르는 모습을 동영상으로 담았다. 백 년 전 뭉크의 작

품을 분석하는 것에서 시작됐으니, 당시 미술계의 흐름인 모더니즘과 표현주의 현상을 파헤치는 고고학이고, 하나의 통합된 모습이 아니라 개개인이 각자의 느낌과 방법으로 절규하는 것이라는 점에서 '개인적인 고고학'이 되는 셈이다.

이십 세기 초에 그려진 뭉크의 〈절규〉는 급변하는 사회에서 사람들이 느끼는 불안과 걱정의 심리를 나타낸 상징적 작품으로 평가되어 왔다. 설치 미술로 다시 태어난 작품에서도 현 세대를 살아가고 있는 사람들의 불안과 짜증, 어찌할 바 모르는 초조함이 그 절규 속에 담겨 있었다. 세상이 달라졌다고 해도 사람들의 불안과 고뇌는 여전한 것 같다.

뭉크가 인간의 감정을 격렬한 색채와 변형된 선으로 표현함으로써 보편적인 자연의 모습을 능가하는 개인주의 시대를 예시했다고 한다면, 아브라모비치는 연속적으로 쏟아내는 비명 소리를 연출함으로써 듣는 사람들조차 비명을 지르고 싶은 심정으로 만드는 현장감을 통해서 개인의 비명이야말로 질병처럼 전염될 수 있는 사회적 현상이라고 고발하고 있었다.

테러리스트들의 무모한 살상 행위들, 종교를 앞세운 정치적 대립과 전쟁, 지구의 온난화로 생기는 폭풍 · 홍수 · 가뭄 등의 자연재해, 첨단 산업화에 따른 대형 사고 등 불안은 쉼 없이 이어지고, 이제 그 불안 심리는 더 이상 한 개인의 문제가 아니라 지구상에 살고 있는 모든 인류의 문제가 된 것이다.

TV 화면에 길거리를 뛰어가며 비명을 지르는 군중의 모습이 보인다. 경찰관이 누가 범인인지도 모르는 채 더 이상의 희생을 막기 위해 총을 발사한다. 사람들의 불안을 자극하는 테러 행위는 더 이상 은밀하게 벌어지지 않는다. 사람들이 많은 장소를 노골적으로 노리기에 불안도 커지고, 테러의 주체를 자처하는 단체가 언급되면서 더욱 불안한 심리를 부추긴다.

수십 명의 목숨을 앗아가는 대형 참사임에도 사람들은 마치 서부영화에서 황야의 무법자와 보안관의 대결을 보듯이 TV를 보고 있다. 몇 년 전에도 한 남자가 미친 듯이 몸부림치며 고함을 질렀고, 곧이어 귀여운 남자아이가 클로즈업 되면서 방금 울부짖던 그 남자의 네 살 난 아들인 이 어린이는 영원히 네 살로 머무를 수밖에 없다는 아나운서의 말이 들렸다. 프랑스 혁명기념일을 맞아 니스에서 또 하나의 테러 참사가 발생됐다는 소식이었다.

대형 트럭이 군중을 향해 지그재그로 돌진하면서 휴양지에서 기념일을 즐기던 팔십여 명이 사망했으며 용의자는 경찰의 총격 세례를 받고 현장에서 즉사했다는 것이었다. 그때 프랑스 정부는 강력한 응징을 다짐했지만 이로써 무언가 달라질 것이라고 믿는 사람들은 별로 없었다. 이제는 어제 오늘만의 테러 사건들도 아니고 어디가 프랑스이고 영국인지는 더 이상 이슈가 아닌 세상이 된 것 같다.

테러범들은 죽기 직전 "신은 위대하다!"고 외쳤다고 한다. 신이 위대하기 때문에 인간을 죽이고 자신이 죽는다는 이 어처구니없는 생각을 끌어안고 나를 세상에 보내신 신에게 "우리가 해야 할 의무는 더욱 좋은 인간이 되어서 함께 존재하는 생명들을 사랑하는 것입니다."라고 외쳐 본다.

뉴스로 보는 오늘날의 현실과 마리나 아브라모비치의 '개인적 고고학' 설치 미술의 가상적 현실이 수시로 교차되며 어떻게 이 시대를 살

아가야 할지 먹먹한 마음으로 계속되는 비명 소리를 어떻게 해서라도 막아야 한다고 절규한다.

봄꽃처럼 피어난 향기 구름 사이로

– 빅토리아 국립 미술관 향기 전시회 '감각적인 봄의 정원' –

봄기운이 완연한 멜버른에서 마치도 각양각색의 모습으로 피어난 봄꽃들처럼 사람들이 혼자서 또는 나란히 담소하며 제각기 다른 표정으로 거리를 걷고 있었다. 빅토리아 국립 미술관 앞을 지나는데 '감각적인 봄의 정원'이라는 대형 팻말 광고가 눈에 띄었다. 자세히 보니 작은 글씨로 '디자인을 통해 작품으로 탄생한 향기'라고 쓰여 있었다. 향기를 디자인하고 그것을 전시한다고 하니 도대체 무엇을 어떻게 해 놓았는지 궁금해서 그냥 지나칠 수가 없었다.

미술관 안으로 들어가 보니 정원 곳곳에서 뿜어내는 수증기가 향기 구름으로 머무는 환상적인 모습이었다. 향수 디자이너들은 어떠한 방법으로 향기를 새롭게 창조해 내는지를 밝히고 독특한 분위기 창출을 위해서 걸맞는 향기를 합성하는 것이 향기 디자인이라고 한다. 이 전

시회를 개최하는 것은 디자인의 개념을 널리 이해시키기 위해서라는 글이 정원 입구에 붙어 있었다.

미술관 뒤에 있는 정원 이곳저곳에 설치된 진열대에는 합성 과정을 화학 분자 도식으로 풀어서 설명을 써 놓았고, 바로 옆에서 이름이 다른 수증기들이 뿜어져 나오고 있었다. 그 이름 다른 향기들 역시 제각각 모습이 다른 봄꽃들처럼 자신의 개성을 드러낸다. 향기를 합성하는 과학적 과정을 디자인이고 창작이라고 보는 견해에서 전시회를 열 수 있다는 발상이 흥미로웠다.

'삼사라' 향기는 샌들 우드와 재스민 꽃향기의 합성이고, '롬이데알'

은 남성들에게 어울리는 향기이고, '라퍼티로브 누와르'는 까만 옷에 어울리는 향기라고 한다. 향기를 어떻게 남자와 여자에게 어울리는 것으로 나누어 가릴 수 있고, 까만색 · 빨간색 · 파란색에 어울리는 것으로 세분화할 수 있는지 설명을 읽고 직접 냄새를 맡아 보고, 되돌아가서 다시 맡아 보고 두 눈으로 보아도 나로서는 도무지 이해가 되지 않았다.

냄새나 향기는 잊힌 듯 숨어 있다가 어느 순간 추억과 더불어 떠오르는 게 아니던가. 이유를 대거나 논리적으로 설명할 수 없는 직관과 본능에 연결되어 있는 향기에다가 이름과 용도를 정한다는 것이 납득

할 수 없어서 나는 그냥 부모들을 따라온 아이들을 쫓아서 향기가 나는 수증기 속을 이리저리 돌아다니며 다만 분위기를 즐겼다.

향기도 분명히 우리에게 즐거움을 주고 향기의 근원에 대해 얼마큼 알고 민감하게 반응하는지에 따라서 자극의 강도도 다르다는 것을 알 수 있었다. 자신의 위치 설정에 따라서 진한 향기와 은은한 향기로 그 느낌이 달라지는 유동성을 느꼈다. 이곳저곳의 향기 구름들은 의식하고 맡으면 서로 다른 듯싶다가도 중간 지점에서는 그저 비슷하게 향긋한 느낌만 들었다. 아마 인간들의 개성도 얼마나 집중해서 다가가는지에 따라 확연하게, 때로는 알 듯 모를 듯 느껴지는 게 아닐까?

이런저런 상념으로 '감각적인 봄의 정원'은 시시각각 다른 모습으로 내게 다가오고 있었다. 향기 구름 사이로 작가가 표현하고 싶은 세상이 담긴 한 폭의 그림이 눈에 띈다. 개인의 삶이 사라진 후에도 작가가 그린 세상의 모습은 남아 있고 봄꽃처럼 피어난 어린아이들이 그 곁에서 아름다움을 보고 느끼며 성장해 가고 있겠지 싶었다. 정원에 가득한 향기와 화사한 봄볕이 마음에 차오르니 그림자마저도 눈부시게 느껴졌다.

잠시 피어나서 사라지는 수증기 구름처럼 우리 삶의 순간은 사라지고 봄꽃도 지게 마련이지만, 정원에 퍼지는 향기처럼 그 순간 함께했던 사람들에게 즐거움을 줄 수 있다면 그것으로 충분하지 않을까? 아

니, 어쩌면 사라지기 때문에 더욱 소중하고 저마다 다른 개성이라서 세상 전체를 아우를 수 있는 것인지도 모르겠다.

정원을 나오니 마주 보이는 미술관 유리창에 물이 뿌려지면서 안과 밖이 겹쳐졌다. 어디가 현실이고 어디가 디자인된 봄 향기가 머무는 정원인지 분별이 쉽지 않았다. 행동하며 사는 삶과 생각하고 느끼는 삶의 접경에서 인간들이 실루엣으로 머무는 커다란 창문을 지나서 갤러리를 나섰다. 길거리 부는 바람에서 사람들의 향기가 묻어난다. 향기 전시회에서도 길거리에서도 사라지는 아름다움에 대한 그리움이 내 마음속 봄의 정원에서 일렁였다.

소리의 실체

– 모나 갤러리 기획전 '소리 전시회' –

소리 설치 미술은 소리가 차단된 〈침묵의 방(The Chamber of Silence)〉에서부터 시작되었다. 두 겹으로 드리운 장막과 제법 묵직한 문을 열고 들어가 편한 의자에 기대앉아 모든 음을 차단하는 두터운 귀마개를 하고서 커다란 창문 밖의 나무랑 경치를 바라보게 되어 있었다. 창문 밖에 보이는 경치는 흐르는 구름의 모습도, 바람에 흔들리는 나뭇가지의 모습도 시시각각 변하고 있었다. 하지만 소리가 단절된 경치는 자연 그대로의 모습도 영화의 한 장면도 아니고 동영상도 아닌 꿈같은 실존으로 느껴졌다.

소리가 차단된 현실이 오히려 비현실처럼 느껴지는 체험을 하면서, 언젠가 여덟 살 난 손자가 초점이 흐려진 사진을 보여 주면서 "3D 안경을 쓰셔야 할 거예요."라고 하던 말이 생각이 났다. 안경을 쓰면 현실

이 되고, 그냥은 사진이라는 것을 아는 아이들. 요즈음은 아주 현실처럼 느껴지는 만화와 현장감이 생생한 컴퓨터 게임에 익숙해서 자신들도 모르게 현실과 가상적 현실을 넘나들고 있는 것같이 생각되었었다.

어쩌면 우리는 가상적 현실로 느껴지는 꿈같은 세계에서 휴식을 얻고, 때로는 불안한 마음도 다스리고, 또한 다시 현실을 살아가는 에너지를 충전하고 있는 것 같았다.

소리가 차단된 방을 나서니 갑자기 작은 볼륨의 TV를 한꺼번에 틀어 놓은 듯, 마치 여러 대의 모터들이 돌아가는 소리처럼 웅웅거리는 기도 소리가 울려왔다. 어두운 방 아주 커다란 디지털 영상물 안에서는 108명의 티베트 승려들이 경문을 외면서 기도하는 모습들이 눈에 들어왔다.

노인, 중년, 청년, 마른 사람, 뚱뚱한 사람, 108 번뇌를 상징하는 듯 108명의 승려들이 눈을 감고, 뜨고, 고갯짓하며 각양각색의 모습으로 제각기 개인적 기도를 소리 내어 염송하고 있었는데, 개인적 염원을 알아들을 수는 없었지만 한데 어우러져서 부처님께 가고 있다고 생각하니 더욱 강렬하게 부처님을 흔들 것 같은 느낌이 들었다. 하지만 기도를 하는 승려들끼리 또는 승려와 기도를 듣는 관중들과의 교감은 그다지 느낄 수 없었다.

이 작품은 인도의 불교 문화제에 출품하기 위해 달라이라마의 부탁으로 작가가 실제로 티베트에 있는 사원에서 육 개월간 승려들과 함께 생활하며 제작했다고 한다. 하나의 대형 패널에 담긴 여러 승려들은 우주의 삼라만상이 모두 연결되어 있어서 개체로만 존재하지 않고 연관 관계를 맺고 있다는 것을 설법하고 있다고 했다.

하지만 개인이 내는 소리들이 공명하면서 모호하게 울려오는 소리들의 집합체는 〈폭포(Waterfall)〉라는 제목처럼 더 이상 물방울 개인의 삶과 염원은 들을 수 없는 현 사회 체제를 상징적으로 느끼게 해 주었다.

동영상에서 사람이 당나귀를 쳐다보고 자기의 이야기를 쉴 새 없이 떠들어 대고 있었다. 어려서부터 자신에게 일어난 일들을 당나귀는

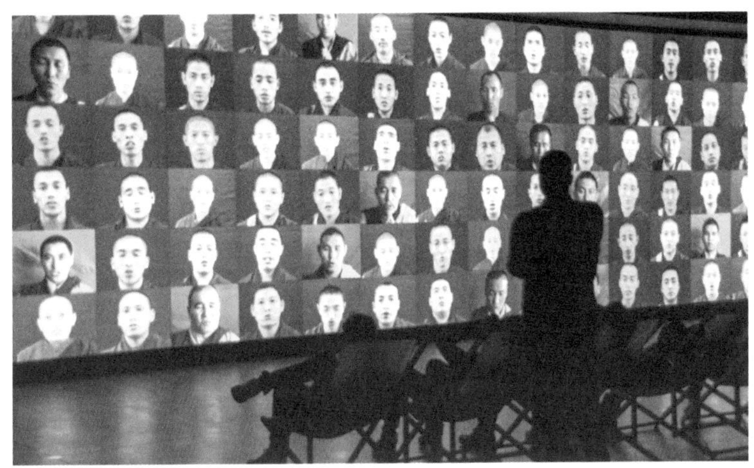

듣고 있다. 하지만 이해하는 것 같지는 않았다. 우리들의 대화도 어쩌면 지껄임에 지나지 않고, 지나가는 사람들에게는 서로 이해할 수 없다는 객관적 사실이 코믹하게 느껴지지만 당나귀에게 하소연하는 여자는 아주 절실한 모습이었다. 그 당나귀는 그냥 붙들려서 자신의 공상 세계에 빠져 있는 듯했다. 자기의 의견만을 주장하는 우리의 모습이 바로 이런 모습이 아닐까?

옆방에서는 활과 화살을 든 남녀가 묘한 힘의 균형을 유지하며 대화를 하고 있었다. 한 사람의 힘이 과도하면 미끄러지면서 다칠 수 있는 대화의 실체를 보여 주는 동영상이 계속 쉬지 않고 반복되면서 묘한

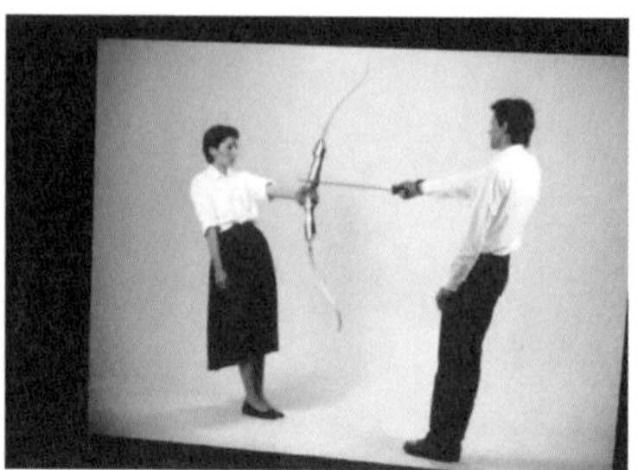

긴장감을 일으켰다. 말이 지나치거나 상대방의 입장을 잘 배려하지 않으면 서로에게 상처를 줄 수 있다는 대화의 실체가 전해졌다.

'소리'를 느끼며, 우리는 그 내용을 듣기보다는 단지 소리만 '듣는다'는 것의 상징성을 생각해 보게 만들었던 전시회였다. 더불어 현 시대를 살아가는 인간들의 모습도 돌아볼 수 있었고 설치한 작가들의 의도를 들을 수 있었던 색다른 전시회였다. 늘 새로운 의식으로 세상을 질문해 보게 하는 모나 갤러리의 기획전에서 '전시회'의 의미를 생각해 보았다.

빛과 색
그리고 나

– '제임스 터렐', 호주 국립 미술관 & 모나 갤러리 –

제임스 터렐은 "내 작품은 공간과 공간을 채우는 빛에 관한 것이다. 이는 당신이 어떻게 공간을 마주하고 깊이 파고드는가에 관한 것이다."고 말했다. 나는 한 번도 작가를 직접 만나 본 적이 없지만, 맨 처음 그의 작품 〈안에서, 밖에서(Within Without, the Sky space)〉를 만난 것은 호주 국립 미술관에서였다.

그 설치미술을 접했을 때 왠지 모를 경건하고 신비로운 느낌이 서서히 나를 감싸던 것을 잊을 수 없다. 원형 공간에 조용하게 앉아서 둥근 틀에 끼운 듯한 하늘을 집중해서 올려다보고 있었는데, 서서히 나를 둘러싸고 있는 하얀 벽이 사라지고 내가 하늘로 올라가는 듯한 느낌이 들었다.

캔버라에 있는 이 미술관은 2014년 여름부터 일 년간 제임스 터렐의 종합 회고전도 열었다. “제임스 터렐은 감각과 감성에 호소하는 예술가이다. 관람자들은 빛의 본질과 근원에 대한 질문을 품게 될 것이다.”라고 담당 큐레이터는 그를 소개했다. 그는 회고전에서 빛과 색 그리고 인간의 시각과 느낌의 상관관계에 대해서 24가지 짧은 성명들을 요약해서 발표했다.

몇 가지 예를 들면 “빛은 공간을 전환시키고 색은 환각을 일으킨다; 색은 공간을 전환시키고 빛은 환각을 일으킨다. / 빛은 깊이가 다르고, 색은 어디에나 있다; 색은 깊이가 다르고, 빛은 어디에나 있다. / 빛은 분위기를 만들고, 색은 진동하며 발산된다; 색은 분위기를 만들고 빛은 진동하며 발산된다.”

이렇게 이어지는 빛과 색에 대한 그의 정의와 주장을, 나는 마치 우리가 성경을 통해 실제로 어떤 일이 일어났다는 정보가 아니라 인간 예수 그리스도가 신이신 하느님의 아들이라고 느끼게 되듯이 받아들였다.

작품 〈안에서, 밖에서〉는 이집트의 피라미드를 축소한 모형에서 윗부분을 잘라 낸 형상을 하고 있다. 하지만 이집트의 피라미드와는 달리 고대 우주 구조론에 따른 기본적인 방향을 따르지 않고 보는 사람들에게 미치는 빛의 영향력을 극대화하는 것에만 집중했다고 했다.

현무암으로 만들어진 화병 형태의 방 안에서 하늘을 감상할 수 있도록 만든 것은 불교의 '사리탑(Stupa)'의 개념으로, 이는 인도의 힌두교 전통에서 유래한 양극의 개념과 우주의 창조 에너지, 즉 남근으로 상징되는 이미지로서 시바 신전에 바쳐진 주요한 형상에서 따왔다고 한다.

하지만 이 작품은 계단과 우주론의 방향을 무시하고 뻥 뚫린 천장으로 둥근 틀에 끼운 듯한 하늘이 보였다. 터렐은 이런 기본적인 개념을 기하학적 구조를 고안하는 데 응용했지만, 스투파가 품고 있는 종교적 의미와 이미지는 배제하고 빛의 존재를 가장 잘 드러낼 수 있도록

공간을 디자인했다. 단순한 형체와 자연 그대로의 생생한 색깔로 관람자들이 직접 보고 느낌으로 명상에 잠길 수 있는 상황을 만들었다고 했다.

하지만 같은 공간에 있더라도 각자의 명상 속에서 느끼는 빛의 경험은 저마다 다를 것이다. 또한 같은 사람도 때에 따라서 기쁠 때 느끼는 밝은 하늘과 우울할 때 느끼는 무심한 하늘이 있듯이, 결국 세상만사는 내 마음가짐에 달렸다는 것을 생각할 수 있게 했다.

내가 움직이는 데에 따라서 하늘과 구름의 모습이 달라지고 바닥에 원으로 반사되는 모습도 그에 따라 달라져서 계속 빛을 의식할 수

밖에 없었다. 또한 집중해서 보게 되는 빛은 고정된 것이 아니고 변하며, 결국 내 마음의 반영이고, 이 다양한 현재의 해석은 또 다른 미래를 가져올 수 있게 된다는 생각을 해 보며 삶의 원인과 결과에 대해서 조용한 명상의 시간을 가졌다.

"빛은 밝히고 나타내기도 하지만 어둡게 감추기도 한다."라는 터렐의 말을 인용하면서, 호주 국립 미술관 측에서는 이 변화를 볼 수 있는 해 뜰 무렵과 해 질 무렵 시간에 빛의 변화를 느껴 보기를 권했지만 나는 시간대를 맞추어서 그것을 보지는 못했다.

석양에 극적인 빛의 변화는 후일 태즈메이니아의 모나 갤러리에서 경험할 기회를 얻었다. 모나 갤러리(Museum of Old and New Art) 입구에 〈아르마나〉라는 제임스 터렐의 설치 미술 작품, 빛을 통한 명상의 공간이 마련되어 있다. 오후 해 질 녘에 가면 축적된 하루의 태양열이 빛으로 전환되고 그 빛이 색깔이 달라지는 장치를 통해 분위기를 연출하고 있다. 그 빛 속에서 움직이면 자신의 모습이 미술 작품의 주인공이 되는 느낌이다.

모나 갤러리에서는 제임스 터렐이 태양광선을 동력화해서, 빛이 색으로 공간을 채우는 신비로운 연관 작용을, 마치 신이 전망대를 설치하는 것처럼 설치했다는 소개를 곁들였다. 2015년에 설치된 〈아르마나〉 전망대는 그때까지의 모나 갤러리에서 서서히 형성하려고 하는 모나니즘의 단면으로 표현된, 인간 상황에 대한 어둡고 무거운 생각으로부터 기품의 도약을 가져왔다는 평을 받았다. 갤러리 가득 채워진 아프고 심각한 이미지의 작품들과 더불어 관람객들이 스스로 생각해 볼 수 있는 빛이 쏟아지는 공간이 더해진 느낌이었다.

최근 이 모나 갤러리에 제임스 터렐의 작품을 위한 '파로스(Pharos)'라는 공간이 새로 마련되었다. 고대 알렉산드리아에 있던 등대의 이름, 파로스는 난파된 배에 탔던 사람들이 살았던 곳으로 밤에 배들을 잘 인도하기 위해 등대를 지었고, 또한 이 등대의 이미지가 영국 시인 사무엘 코올리지의 꿈속에 본 이상향으로 그려짐으로써 주목을 받았던 곳의 이름이다.

터렐의 작품이 전시되어 있는 이곳은 강물이 온통 시야를 메우고 햇빛이 쏟아져 들어오고 있어서 마치도 빛을 담아서 전파하는 현세대의 길잡이 등대처럼 느껴진다. 밖에서 보는 파로스 바에 설치되어 있는 터렐의 〈본 것과 보지 않은 것(Unseen Seen)〉은 자연광에 의한 주변 경관과 보는 이들의 그림자를 반사 이미지로 담고 있으며, 작품 안에서 느끼는 체험을 비밀스럽게 둥근 형상 속에 담고 있다.

우리는 빛을 통해서 대상이라는 사물을 본다. 하지만 터렐의 작품 중 어떤 것은 아무 물체도 없이 단지 빛 자체를 작품으로 하고 내 자신이 그 안에 들어감으로써 빛을 느낄 뿐, 대상은 나의 감각뿐이다.

파로스로 들어가는 입구 통로는 〈내 옆에(Beside Myself)〉라는 작품으로 설치되어 있는데, 관객의 움직임과 위치에 따라 모습이 변하며 특별히 디자인된 공간 속에서 관객의 눈은 깊이를 지각하는 능력이 일시적으로 정지되는 것 같다. 빛을 오랫동안 응시하고 있으면 눈이 가

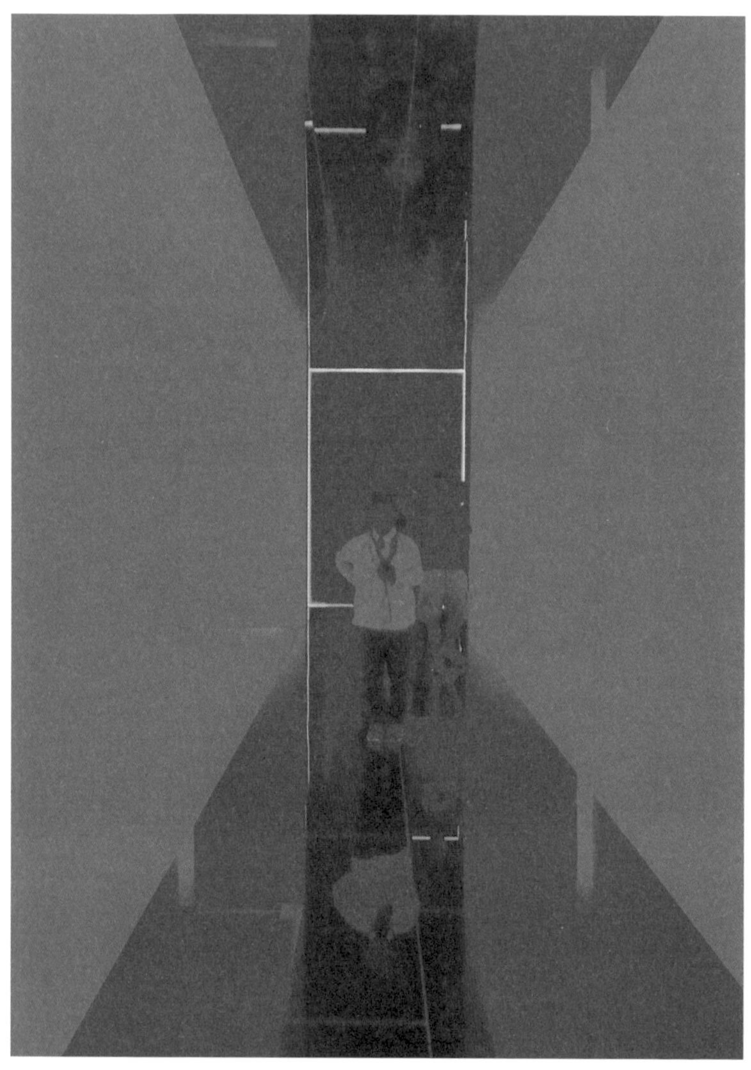

볍게 마비되는 느낌과 함께 기분 좋은 어지러움도 느껴진다. 이 상태에서 공간을 둘러보면 모서리가 빛에 씻겨 마치 바닥, 벽, 천장이 하나의 평면처럼 인식된다.

제임스 터렐은 빛이란 예술의 대상을 보고 이해하기 위해 필요한 것이 아니라 그 자체가 예술의 대상이고, 빛을 느끼는 것이 중요하다고 한다. 그의 이러한 생각은 미술의 추세를 개념 예술(Conceptual Art)에서 지각 예술(Perceptual Art)로 바꾸어 놓았다.

그의 작품의 환한 빛은 때로 조용한 시간에 내 가슴과 감각 속에 맴돌게 되었다. 단순한 형체 속에서 자연 그대로의 빛을 보며 종교 같은 경건함으로 시작한 그의 작품과의 만남은 점점 더 극대화된 빛과 색깔의 변화를 통해 강렬한 빛으로 다가왔다. 또한 그 강렬하게 느껴지는 빛 속에는 내가 있고, 나의 움직임이 작품이 되도록 나를 빛으로 채워준다. 제임스 터렐은 나 자신을 환경과 대응하는 주체라는 것을 느끼게 해 주고, 그것도 논리를 통한 개념이 아니라 느낌을 통한 지각으로 알게 해 주었다.

삶과 죽음의 경계에서

– 태즈메이니아 다크 모포(Dark MoFo) 동지 축제 –

호바트에서는 올해에도 이 주일 동안 동지를 맞이하는 빛의 축제가 열리고 있다. 가로수들도 길거리도 온통 크고 작은 전구들로 울긋불긋 치장을 하고, 축제가 열리고 있는 장소에는 붉은 네온의 십자가들이 매달려 있다. 행사장 건물 안에는 아주 길게 연결된 식탁들이 여러 줄로 놓여 있고 각자가 좋아하는 음식을 가지고 와서 모두가 잘 아는 친구들인 듯이 웃고 떠들며 함께 앉아서 먹고 마신다.

멀리 높이 설치된 무대에서는 온갖 장르의 음악들이 번갈아 가면서 연주되고, 시시각각 변하는 홀의 분위기와 사람들 모습이 다양해서 요즈음의 시대를 상징적으로 보여 주는 것처럼 느껴졌다. 이 축제 같은 모습을 컨템포러리 아트 전시회의 모습으로 보아야 할지, 아니면 지역문화의 해프닝으로 생각해야 할지 모를 정도로 모든 것이 어우러

져 있었다.

모포는 원래 모나(Museum of Old and New Art) 갤러리와 포마(Festival Of Music and Art)의 합성어로, 모나 갤러리에서 주최하는 음악과 미술 축제를 말한다. 남반부의 긴 겨울밤의 특색을 살려서 동지의 어두움을 쫓는 행사로, 이교도적인 요소와 음산한 분위기를 가미해서 연출한 것이다. 설치 미술과 전문 예술인들을 동원해서 개최하는 것이니만큼 나는 이것을 전시회로 규정짓기로 했다.

올해 다크 모포 중에 관심을 가장 많이 끌었던 행사는 화가 마이크 파(Mike Parr)의 〈아스팔트 밑(Underneath the Bitumen)〉이라는 행위 예술이었다. 마이크 파는 영국의 식민지 시대에 저질러진 '전체주의'의 만행을 언급하면서 영국이 아일랜드 죄수들을 태즈메이니아로 강제 이송한 것과 그 당시 호주에 온 백인들이 원주민들을 대량 학살한 역사적 사실을 예로 들었다. 이를 상기시키기 위해서 사흘 동안 아스팔트 도로 밑에 묻혀 있겠다고 했다.

호바트시 중심가에 도로 면을 파고 4.5 x 1.7 x 2.2 미터 크기의 나무 상자 속으로 들어가서 목요일 밤 9시부터 땅속에 묻혀 있다가 일요일 밤 9시에 지상으로 나온다는 설명이었다. 나는 실제로 묻히는 장면과 나오는 장면을 보고 싶지 않아서 아티스트 성명만 읽을 예정이었는데, 주최자 측에서 비디오를 만들어서 여기저기 미디어에 올리는 바람에 동영상으로 보게 되었다.

중장비로 덮었던 도로의 표면을 들어 올리고 사흘간 마이크 파가 지냈던 나무 상자 속으로 사다리를 내리니 그가 걸어서 올라왔다. 사람들은 환호하고 아티스트에게 박수를 보냈지만 마이크 파는 관중들을 거들떠보지도 않았다. 이것은 자기 개인의 문제가 아니고 역사적인, 이념적인 문제라는 태도가 역력했다.

그는 "우리가 더욱 관용적이고 열린 마음을 가진 사회가 된다는 것과 우리를 찾아오는 사람들을 환영한다는 것은, 겁쟁이가 아니라 용감하고, 어두움을 두려워하지 않고, 여행자들을 두려워하지 않는다는

것을 의미한다."라는 성명을 발표했다. 그러니까 그의 행위는 어둠을 두려워하지 않는 용감함으로써 타지에서 온 사람들을 맞이하는 마음 가짐을 보여 주기 위한 것이었다. 73세인 마이크 파가 걸어서 올라온 뒤에 그가 머물렀던 상자는 속에 시멘트를 부어서 그 뜻을 후세에 남길 자료를 보관하는 타임캡슐로 설치해 놓겠다고 했다.

2013년 시작된 '다크 모포'는 금년도 동짓날 새벽 동이 틀 때 많은 사람들이 동참하여 더원트강에서 누드로 수영을 하는 전통을 6년째 이어서 실시했다. 매번 행사의 내용에 대해서 안전과 종교, 문화의 측면에서 많은 찬반의 의견이 분분했고 거센 반대를 겪으며 이어져 내려오고 있다. 나는 늘 조금씩 다른 모습을 더해 가면서 우리가 살고 있는 세계를 생각해 보게 만드는 이 행사를 지속해서 개최하기를 바란다.

다 같이 긴 테이블에 앉아서 무엇을 믿는지, 어떤 생각을 하며 살고 있는지, 누구인지도 모르는 사람들과 함께 식사하는 것도 재미있다. 옆에 앉은 사람이 인간을 해하지 않는 인간이면 족하다. 서로 다른 사람들이 모여서 함께 하는 식탁이라면 크리스천의 십자가도 거꾸로 걸어 놓은 악마의 십자가도 다 같이 장식에 허용되어야 한다는 생각이 든다. 이것이 마이크 파가 행위 예술로 언급한 서로 다른 여행자들을 두려워하지 않고 받아들이는 모습이라고 여겼다.

동짓날 저녁 홀 밖에는 커다란 모형들을 중심으로 사람들이 모여 있었다. 이제 곧 이 모형들을 들고 행렬을 해서 전몰용사들의 위령탑이 있는 광장까지 걸어가서 그곳에서 불에 태운다고 한다. 태즈메이니아 대학에서는 발리의 힌두 전통에서 비롯했다는 '오고오고(Ogoh-ogoh)' 모형을 준비했고, 텔스트라 통신회사에서는 태즈메이니아 타이거가

사납게 잡아먹을 듯이 달려드는 모형을 만들었다. 그 외에도 크고 작은 모형들을 각 단체별로 준비해서 들고 한 사십 분 정도 걸리는 길을 걸어서 행진할 예정이라고 한다.

거대한 감자 모양의 붉은 칠을 한 '오고오고' 인형을 태울 때 가슴속 깊은 곳에 담겨 있는 두려움을 쪽지에 적어서 함께 태우면 악귀를 쫓고 불행한 일도 막아 준다는 전설을 지니고 있다고 했다. 인도네시아 섬에서 호주까지 공간을 넘나들며 찾아와서 불태워질 인형의 모습도, 이미 멸종된 태즈메이니아 타이거가 시간을 거슬러 다시 모형으로 재현되어 연소되는 것도 다 인간들의 불안을 없애고 싶은 마음의 발로라고 여겨진다.

마침 오늘이 동짓날이고 보면 한국에서도 붉은색 음식인 팥죽을 먹음으로써 병과 불행을 가져오는 귀신들을 쫓아낸다는 전통이 있다. 대개 귀신은 '음'에서 지낸다고 여겨서 '음'의 상극인 '양', 즉 붉은색이나 불을 이용해서 대치시키면 무서워 도망칠 것이라고 믿어 왔다. 따라서 동짓날 팥죽은 조상께 올리고 집 안 곳곳에 한 그릇씩 놓은 후 여기저기 들고 다니며 대문이나 벽에 뿌리면 귀신을 쫓고 재앙을 면할 수 있다고 믿었다.

원나라 때 중국 궁중에서는 동짓날 비빈과 궁녀들이 남녀노소와 신분의 고하를 막론하고 자주색 저고리를 입었고 옛 서울에서도 동지 무렵 자주색 저고리를 입는 풍속이 있었는데, 이것도 동지와 붉은색과의 상관관계로 설명할 수 있다고 한다. 이렇게 저마다의 방법으로 밤이 제일 긴 동짓날은 악귀를 쫓아내고 두려움을 없애려고 했다. 우리는 알고 보면 비슷한 풍습을 지닌 다 같은 인간일 뿐이라고 느꼈다.

이 행사를 주관한 모나(Museum of Old and New Art) 왕국의 군주와도 같은 갤러리 설립자이고 소유주인 데이비드 월시(David Walsh)가 역사에 남을 생일 파티라도 준비한 듯한 잔칫상을 마련했다. 곳곳에

서 생음악이 연주되고 다양한 음료와 음식이 준비되어 있었다. 홀 안과 밖에서 술과 더불어 즐기는 소리가 왁자지껄하였고, 길고 긴 식탁에는 촛불이 끝에서 끝으로 줄지어 늘어서 있는 가운데 촛불처럼 즐기고 싶은 마음들이 타오르고 있었다. 끝없이 연결되는 식탁과 향연이 분리될 수 없는 물질적 · 육체적 모습으로 그로테스크하게 부풀어오르고 있었다.

일본 작가 오에 겐자부로가 '그로테스크 리얼리즘의 이미지 시스템'에 관하여 언급한 것이 생각났다. 그는 미하일 바흐친의 '중세 카니발을 통한 재생', 즉 시비를 따지기보다는 웃고 마시는 카니발을 함께 즐김으로써 화해와 상생을 이룰 수 있다는 말을 인용하면서 김지하 시인의 담시 「똥 바다」를 예로 들었다. 아시아에 죽음을 초래한 자로서의 일본인이 자기가 싼 똥에 미끄러져서 죽는 장면에서 민중들이 함께 어울려서 웃고 놀리는 해학적 모습이 바로 카니발의 역할을 했고 한국인과 전 아시아인의 재생을 가져오는 이미지로 사용되었다고 했다.

함께 먹고 마시는 것이 서로 다른 견해나 상처를 극복하는 데 중요한 역할을 하는 것은 사실이다. 마이크 파의 〈아스팔트 밑〉이라는 행위 예술도 동짓날의 모형을 태우는 예식도 끝없이 이어지는 식탁의 향연도 모두 죽음을 통한 화해와 상생을 외치고 있었다. 하지만 우리는 과연 다크 모포의 그로테스크하게 부풀려진 축제에서 '서로 다르다는

것은 즐거움'이라고 느낀 것을 얼마나 오래 지속적으로 가슴에 품고 실천하며 살 수 있을지 생각해 본다.

하늘과 바람과 별과 시
그리고 바다

– 윤동주 시인의 기일에 만난 미세이 볼터의 〈야간 항해〉 –

나는 오래전부터 2월 16일 윤동주 시인의 기일을 마음에 새겨 오고 있다. 금년은 윤동주 시인 탄생 100주년. 그의 시를 깊이 있게 연구해 온 학자들의 기념 논집과 그의 28년 생애의 발자취를 따라가며 추모의 글을 쓴 책들이 나왔다. 사람들은 태어난 것을 더 중요시하지만 나는 그의 시를 하늘의 별로 만났고, 외국의 한 감옥에서 쓸쓸하고 아프게 세상을 떠난 그의 모습은 나 또한 외국에 멀리 떨어져서 살아서 그런지 늘 연민의 정과 위로로 가깝게 다가왔다.

몇 년 전 내가 살고 있는 호바트의 한 갤러리에서 열린 호주 화가 미세이 볼터(Michaye Boulter)의 전시회에 갔다. 마침 그날은 윤동주 시인의 기일이었고, 미세이 볼터의 〈야간 항해(Night Voyage)〉라는 아크릴 페인팅을 보는 순간, 그의 시가 마음속으로 읊어졌다. 그림은 4쪽의 작은 패널로 되어 있는데 멀리 보이는 타스만 페닌슐라 위로 밤하늘에 별들이 떠 있었다.

윤동주는 「별 헤는 밤」을 쓰고 나서 열아홉 편의 자신의 시를 자필 원고로 엮어서 「서시」와 함께 『하늘과 바람과 별과 시』라는 시집을 만들었다. 바로 그 제목의 시심이 그 그림에 가득 담겨 있었고, 어떻게 그림을 보면서 그대로 윤동주의 시 구절이 읊어졌는지 스스로 놀라웠다. 중국 고사성어에 "시에는 그림이 있고 그림에는 시가 있다."고 한 것은 동양화에만 국한되는 것은 아닌가 보다.

"별을 노래하는 마음으로 / 모든 죽어 가는 것을 사랑해야지. / 그리고 나한테 주어진 길을 / 걸어가야겠다. // 오늘 밤에도 별이 바람에 스치운다." 분명히 그림에서는 별이 스치우는 바람이 불고 있었다. 그리고 항해가 그러하듯이 아직 가야 할 길과 머나먼 곳에 육지와 작은 별들이 가득한 하늘이 있었다. 그림의 제목은 〈야간 항해〉인데 하늘빛은 검은색이 아니라 푸른빛이었다. 미세이 볼터는 검은 구름을 뚫고 빛이 통과하면서 멀리 푸른 하늘이 받치고 있는 것을 표현하고 싶었다고 미디어 인터뷰에서 밝혔다.

항해자의 딸로 유년 시절을 자주 바다에서 보냈고 지금도 바다와 하늘이 아우러진 브루니섬에 살며 작품 활동을 하고 있다. 그녀는 바다로부터 보는 육지의 모습에 깊은 교감을 느끼고, 자신의 작품들은 이러한 “친밀한 자연의 모습들이 마음 안에서 상기된 듯 매력을 뿜을 때 이것을 전달해야 한다는, 일종의 자연에 빚을 진 듯한 마음”에서 표출된 것이라고 했다.

그녀의 그림을 보고 있으면 무한하게 꽉 차 있는 것 같기도 하고 또 텅 빈 듯한 느낌이 들기도 한다. 어쩌면 그녀의 말대로 ‘가능성과 기대감’이 화면에 가득 차 있는지도 모르겠다. 그녀는 자신이 그 안에 있는 느낌이 들기도 하고 때로는 밖에 있으면서 마치 실재하는 것처럼 영혼과 마음으로 함께 있는 것 같기도 하다고 말했다. 이 실체와 상상의 사이에서 자신의 그림은 깊이가 표현되도록 그려진다고 했는데, 여명의 푸른 하늘에 작은 점으로 떠 있는 별들이 실체의 모습인 듯 꿈속인 듯 미세한 물방울들 같은 그림자를 무한한 바닷물 위에 던지고 있다.

히라누마로 창씨를 해야만 일본에서 유학을 할 수 있었던 윤동주. 문학을 공부하고 싶었던 시인이 어쩔 수 없이 받아들였던 이 현실은 그에게 부끄러움의 근원이 되었고, 자주 그의 시에서 언급되었다. 「별 헤는 밤」에서 “어머님 / 그리고 당신은 멀리 북간도에 계십니다 // 나는 무엇인지 그리워 / 이 많은 별빛이 내린 언덕 위에 / 내 이름자를 써 보고 / 흙으로 덮어 버리었습니다.” 하지만 그는 일본의 징병 제도에 관하여 송몽규와 함께 비판적 토론을 했고, 조선 독립 달성을 위한 궐기를 모의한 점과 독립 운동에 대한 의식을 배양하도록 조선 문화

및 민족의식을 고취시켰기 때문이라는 판결문으로 후쿠오카 감옥에 갇혔다.

이름을 부끄러워했던 윤동주의 감옥에서의 죽음은 오늘날 그의 시가 좋아서 한국말을 배우는 많은 일본 사람들을 만들었다. 그가 다니던 도시샤 대학 교정에는 그의 「서시」가 새겨진 추모비가 세워졌고 윤동주를 기념하는 릿교 모임이 있다.

윤동주에 대한 연구로 유명한 일본인 우에노 준 교수는 윤동주 시인의 「간판 없는 거리」("집집마다 간판이 없어 / 집 찾을 근심이 없어 / 빨갛게 / 파랗게 / 불붙는 문자도 없이 / 모퉁이마다 / 자애로운 헌 와사등에 / 불을 켜 놓고, / 손목을 잡으면 / 다들, 어진 사람들 / 다들, 어진 사람들 / 봄, 여름, 가을, 겨울 / 순서로 돌아들고.")를 인용하면서, 이것은 조국 독립과 해방을 초월해서 전쟁이 없고 이데올로기적인 대립이 없으며 억압과 폭력이 없는 정말 평화로운 세상을 꿈꾸는 시라고 주장한다.

나는 '겨울이 지나고 봄이 오면 무덤 위에 파란 풀이 자라듯이 그의 이름이 묻힌 언덕에 자랑처럼 풀이 무성할 것'이라고 노래한 그의 「별 헤는 밤」의 마지막 연을 보고 있는 느낌이었다. 일본과 한국 사이에 있는 '현해탄' 바다에 '그저 손을 잡으면 다들 어진 사람들'이라고, 함께 시절을 보내는 인생행로의 동반자들일 뿐이라고 노래했던 윤동주가 화해의 별로 떠 있는 것이 보인다.

그의 시가 담긴 미세이 볼터의 그림을 보면서 내가 지금 살고 있는 호바트에서 지척인 타스만 페닌슐라 하늘에 떠 있는 윤동주 별님을 가슴에서, 손에서 떼어 놓을 수가 없었다. 그래서 그 그림을 사야만 했다. 나는 전시회가 끝나는 날, 그림을 가져올 때 내가 왜 그 그림을 좋아하고 특별한 느낌을 받았는지 설명하면서 영어로 번역한 「서시」와 「별 헤는 밤」과 윤동주를 소개하는 글을 화가에게 주었고 그녀는 나에게 편지로 시가 아름다워 몇 번이고 다시 읽었다고 했다.

밤에 항해를 할 때 별은 방향을 가늠하는 지침이 되고 벗이 된다. 별이 된 사랑하는 사람들은 그들의 흔들림 없는 본질로 언제나 함께하고 있다. 오늘도 나의 거실 벽에 걸려 있는 미세이 볼터의 〈야간 항해〉 페인팅은「하늘과 바람과 별과 시」속으로 나를 끌어당기고 밤길을 비추는 스러지지 않는 희망을 안고 살아가게 하고 있다. 로즈마리 강으로도, 윤세순으로도 하늘을 우러러 한 점 부끄럼 없는 삶을 살고 싶다는 희망을 안고.

비상하는 새 무리

우리는 30년 넘게 호주 남단 태즈메이니아주에서 살고 있다. 인도네시아와 싱가포르에서 목재 사업을 하시던 시아버님과 남편이 태즈메이니아 주정부에서 원자재를 공급할 수 있다는 언질을 받고 이곳으로 오게 되었다. 처음 정착했을 당시는 한국에서 온 사람들이 별로 없었고 한국 식당도 식품점도 없는 곳이었다.

한 삼 년 가까이 지났을 때 우리가 사는 이곳에서 잠시 머물다 가는 방문객 같은 자세로 살 수는 없고 우리 아이들도 그렇게 키울 수는 없다고 생각했다. 한국에 뿌리를 둔, 호주 사회에서 당당한 주인 역할을 할 수 있는 아이들로 키우기 위해서, 남편은 한국 국적을 유지하고 나는 아이들과 함께 호주 국적을 취득하였다.

호주에서는 이중 국적을 허용했지만 그 당시 한국에서는 반드시 국적을 포기해야만 했다. 기대했던 남편의 사업은 뜻하던 대로 진행되지 않았고 우리의 삶이 점점 더 힘들어졌을 때 비로소 깨닫게 되었다. 이민이란 어느 날 살던 곳에서 짐 보따리를 챙겨 들고 비행기 타고 오는 것이 아니라, 비행기에서 내린 날부터 힘겹게 목표 지점을 향해서 헤엄쳐서 건너가는 것이라고.

계획했던 목재 사업 대신 우선 무엇이든지 해야만 했다. 그러던 중에 가끔 전시회 구경을 가던 화랑 건물이 매물로 나왔고, 아무런 연고도 없는 곳에 뿌리를 내리려면 그 사회에 인맥을 쌓기 위해서 화랑을 해 보는 것도 좋을 것 같았다. 미술 감상이 취미였을 뿐이었지만 배워서 하면 되겠지 마음먹고 시작했는데 일류 작가들의 텃세가 심해서 작품들을 주지 않았다.

그래서 시드니, 멜버른에 있는 화랑에서 우선 유명작가들의 작품들을 사서 사 온 값에 되팔며 내막을 모르는 현지 사람들에게 화랑의 높은 수준을 알리게 되었고, 태즈메이니아 작가들에게 연락을 하여 작품을 받기 시작했다. 태즈메이니아 미술대학에서 이론과 미술사를 공부하고, 좋은 전시회 오프닝을 하면서 자리를 잡아 갔다.

주위의 권유로 88 올림픽 때는 주방장을 고용해서 한국 식당도 열었다. 하지만 식당은 바쁘게 뛰어도 현상 유지가 힘들었다. 강 한가운데에서 깊은 물이라 발은 땅에 닿지 않고, 되돌아가려고 하니 멀고, 계속 앞으로 가려고 하니 힘이 부쳤다.

급하면 돌아서 가라고 했던가? 나는 이민을 오지 않았더라면 고등학교 교사였었고, 남편은 목재 관계 사업을 하고 있었을 것이다. 그래서 우리 능력으로 감당할 수 있는 것부터 다시 시작하기로 했다.

나는 호주에서 교사자격증을 따기 위해 태즈메이니아 대학교에 입학을 했다. 다행스럽게 일본어를 할 수 있었기 때문에 일본어와 사회학을 교직과목으로 택했다. 그 당시 한국어를 가르치는 학교가 없어 교직과목으로 한국어를 선택할 수 없었던 게 유감스러웠지만, 장학금으로 학비 면제뿐 아니라 적게나마 생활보조비도 받고 일본에서 일 년간 체재하며 대학에서 제대로 실력을 닦을 수 있었던 것은 큰 힘이 되었다. 남편은 목재 계통의 사업을 전념해서 이루어 보기로 하고 여러 가지 가능성을 모색해 보는 시간을 가졌다.

모든 것이 불확실하고 보장할 수 없는 상태로 지출은 계속되니 불안했다. 하지만 계획한 일에 집중하기 위해 해 왔던 식당과 화랑을 접었다. 아이들은 나라에서 받는 학자금 대출로 등록금을 내고, 아르바이트로 용돈을 보충하면서 버티어 주었다. 아들은 식당에서 힘겹게 프라이팬을 닦다가 샐러드를 만드는 일로 승진했다고 좋아했고, 딸이 식품 홍보를 위해 일하던 슈퍼마켓에서 판매고를 조금이라도 높이기 위해 식구들도 그 식품을 사 먹으며 서로 도왔다.

어려움이 없었더라면 그렇게 똘똘 뭉쳐서 서로 위로하면서 눈빛만 보아도 따뜻한 연민의 정이 흐르던 시간을 갖지 못했지 싶다. 그래서 아이들은 반드시 자신의 능력을 쌓아야 한다는 것을 몸으로 익혔고 이제는 한국 전통의 뿌리를 잃지 않고 가족을 소중하게 알며 자신의 일을 잘하는 당당한 호주의 전문인이 된 것이다.

그 후 나는 석사 과정을 마치고 중국의 대학교에서 이 년간 가르쳤고 호주로 돌아와서는 시드니대학교에서 장학금을 받으며 삼 년간 박사 연구 과정을 거쳤다. 마지막 논문 제출 시점에서 지도교수와의 심각한 견해 차이를 받아들일 수 없어 학위를 포기해야 했던 것은 아쉬웠지만, 내가 모국어로 글을 쓰는 길로 전환하게 된 계기가 되었다.

남편은 그사이 해외 자본을 유치해서, 일을 시작한 지 이십 년 만에 효용가치가 낮은 품질의 유칼립투스 나무를 활용해 베니어를 제조하는 공장을 남쪽 휴온빌에 짓고 두 번째로 북쪽 스미스톤에 지었다. 삼 년 전에는 합판 공장도 완공하여 전체 이백 삼십여 명 정도를 직접 고용하고 여러 하청업체들과 함께 일하는 목재 회사로 성장시켰다.

남편은 젊어서부터 사업하는 틈틈이 사진을 찍으며 자연에서 쉬고 에너지를 충전하곤 했는데, 이 절실하고 힘들었던 시기를 거치며 보는 눈이 더 맑고 깊어진 것 같다. 긴 인내의 시간이었다. 노력한다고 다 이루어지는 것은 아니지만 꾸준한 노력과 준비되어 있는 마음가짐이 기회를 잡고, 함께 성장해 함께 이익을 나누자는 자세가 성공을 가져온 것 같다. 강을 건너와서 발이 땅에 닿으니 편안해졌고, 돌아볼 수 있는 고향이 있으니 함께 나래를 펴고 날아오른다.

이 수필과 사진들은 조화롭게 날아오르면서 본 세상과 마음속에 투영된 모습을 담아 본 것이다. 아직도 세상에서 힘겹게 목표를 향해 헤엄치고 있을 분들에게 희망이 되고, 이미 건너온 분들에게는 추억이 되기를 바란다.

우리에게 날개를 달아 주신 부모님과 이 사회의 튼실한 일원이 된 아이들에게 감사한 마음으로 이 책을 바친다. 본향에 이를 때까지 모든 생명들이 서로 사랑하며 살 수 있으면 참 좋겠다. 글을 쓸 수 있도록 이끌어 주신 시드니 문학회의 이효정 선생님과 이경숙 선배님을 비롯한 여러 문우들, 격려와 조언을 아끼지 않은 이대 후배 신아연 작가, 박희채 박사, 책과나무사 그리고 글 쓰는 길의 매력을 느끼게 해 주신 주위의 여러분들께 감사드린다.

2018년 10월 호바트에서

우향 윤세순